Ce livre appartient à

... ...

... ...

... ...

Fantômette

RETROUVEZ Fantômette
DANS LA BIBLIOTHÈQUE ROSE

Fantômette au carnaval
Fantômette et la télévision
Fantômette et le château mystérieux
Fantômette et son prince
Fantômette et les 40 milliards
Les sept Fantômettes
Fantômette et la lampe merveilleuse
Fantômette contre Fantômette
Fantômette s'envole
Fantômette ouvre l'œil
Fantastique Fantômette
Fantômette brise la glace
Fantômette et le masque d'argent
Les exploits de Fantômette
Fantômette et le trésor du pharaon
Fantômette et la Dent du Diable
Pas de vacances pour Fantômette

Georges Chaulet

Fantômette et le masque d'argent

HACHETTE

Illustration de couverture : Caribara

Hachette Livre, 43, quai de Grenelle, 75015 Paris.

Chapitre 1

Catastrophe !

« Aaaaaaaaaaaaaaaahhh ??? »

Le hurlement de Christophe Pimpan éclate à travers la maison de couture.

Dans l'atelier, les « petites mains » sursautent ; la coupeuse lâche ses ciseaux ; une arpète se pique le pouce avec une aiguille ; un mannequin crie : « Hou ! j'ai peur ! » Les dessinateurs sortent en hâte de leur bureau vitré.

« Que se passe-t-il ? Qui a crié ? C'est le patron ? On est en train de l'assassiner ? »

Toutes les têtes se tournent vers le couloir au bout duquel se trouve le bureau de Christophe Pimpan. Non, on n'assassine pas le grand couturier parisien, mais c'est pis ! La porte pivote brusquement et Pimpan jaillit hors de la pièce, l'air affolé. Il hurle :

« C'est affreux, c'est épouvantable ! Venez voir ! Vite, venez tous ! »

Le petit homme au crâne chauve s'agite avec la frénésie d'un chat de dessin animé poursuivi par une méchante souris. La maisonnée se précipite, s'engouffre dans le bureau, se bouscule pour voir, pour savoir. Rouge d'émotion, piétinant de rage, le couturier braque un index qui tremble vers l'écran d'un téléviseur où apparaît une dame vêtue d'une robe jaune. Il glapit :

« Regardez ! Regardez-moi ça ! C'est notre "Bouton d'or" ! C'est *mon* "Bouton d'or" ! Une robe signée Christophe Pimpan ! »

Des exclamations fusent. La première main s'écrie :

« Mais oui ! C'est bien notre modèle ! La même forme, le même tissu, la même couleur...

— Et maintenant, là... Ce tailleur bleu à rayures blanches... notre "Joyeux matelot" ! Toute notre collection, je vous dis ! Toute la collection de haute couture Christophe Pimpan ! »

Plastron, l'un des dessinateurs, questionne fébrilement le patron :

« Mais qui ? qui donc ? qui présente cette collection ?

— Brigantini. Notre concurrent. Notre rival jusqu'à présent. Mais maintenant qu'il a copié nos modèles, il est devenu notre ennemi mortel ! »

Épuisé par l'émotion, Christophe Pimpan se laisse choir sur son fauteuil tournant. Il tire une pochette de soie portant sa griffe brodée, éponge son front ruisselant.

Il soupire :

« Ah ! quel coup au cœur ! C'est une traîtrise impardonnable ! Une abomination ! Brigantini a volé tous mes modèles ! Et il a l'infernal toupet de les présenter trois jours avant nous, pour torpiller notre collection ! Tout notre travail par terre ! Une saison complètement perdue ! Sans compter ma réputation... Je ne peux plus sortir mes robes, maintenant ! C'est moi qui aurais l'air d'avoir copié sur lui ! Ah ! le bandit ! Ah ! l'affreux ! Il faut qu'on le prenne, qu'on le couse dans un sac de cachemire ou de loden, et qu'on le jette dans la Seine, au pont de l'Alma ! Ah ! j'étouffe ! Qu'on me donne à boire ! »

Le dessinateur présente un flacon de cognac à l'infortuné couturier qui le vide d'un trait. Dans tout l'atelier, c'est la désolation. Les arpètes poussent des petits cris lamentables, les mannequins gémissent, soupirent ou pleurent avec l'abondance du Niagara, la première main tord les siennes en sanglotant...

Mais le cognac donne un coup de fouet à Christophe Pimpan. Il se ressaisit, appuie sur le bouton d'un interphone.

« Lahury, venez immédiatement !

— Bien, maître. »

Lahury est le secrétaire de Christophe Pimpan. C'est un grand jeune homme un peu plus mince qu'une antenne de voiture, qui regarde le monde d'un

air rêveur, à travers des lunettes-hublots. Il passe ses journées plongé dans la paperasse et n'a pas encore remarqué l'effervescence de l'atmosphère. On pourrait lui faire éclater une bombe atomique sous le nez sans l'émouvoir.

« Vous m'avez demandé, maître ?

— Oui, Lahury. Le couturier Brigantini vient de me voler la collection d'automne.

— Bien, maître. »

La nouvelle le laisse aussi froid qu'un pingouin congelé. Christophe Pimpan précise :

« Voici ce qui a dû se passer. Par un moyen que j'ignore, mais qu'il faudra découvrir, Brigantini s'est procuré les dessins de nos robes et les a fait confectionner à toute vitesse pour pouvoir les présenter avant nous.

— Sans doute, maître...

— Que faut-il que je fasse ?

— Prévenir la police ?

— Non ! Tout le monde serait aussitôt au courant. Les journalistes, la radio, la télé... Non, non ! Je veux que l'enquête, puisqu'il en faut une, se fasse avec le maximum de discrétion.

— Cependant, maître, il faudra bien que vous trouviez une explication pour justifier l'ajournement de votre propre présentation ? »

Pimpan soupire :

« C'est vrai. Il va falloir que je refasse tout et que j'explique ce retard... Bah ! nous trouverons bien quelque chose. En attendant, je veux que l'on pince ceux qui ont volé mes modèles. Il me faut des résultats rapides, Lahury ! Vous m'entendez ?

— Parfaitement bien, maître.

— Vous ne connaîtriez pas une agence de détectives privés ? »

Lahury réfléchit une seconde, lève vers le plafond ses yeux globuleux en se caressant le menton, puis il répond :

« Je crois que j'ai beaucoup mieux que ça.

— Ah ! dites vite !

— Eh bien, maître, il existe quelqu'un qui pourrait certainement vous débrouiller cette affaire, rapidement et discrètement.

— Qui donc ?

— Quelqu'un dont vous avez déjà entendu parler, lorsqu'une de vos clientes a perdu son diamant... »

Le couturier sursaute, fait claquer ses doigts.

« J'y suis ! Vous voulez parler de Fantômette ?

— Oui, maître.

— Mais c'est une très bonne idée, ça ! Oui, elle peut me tirer d'affaire. Sûrement, sûrement. Il faut l'appeler tout de suite ! Passez-lui un coup de fil, vite !

— J'ignore son numéro de téléphone...

— Vous êtes un ignorant, alors ? Et un inutile, Lahury !

— Oui, maître. Mais je crois que le directeur de *France-Flash* connaît son adresse. C'est quelque part à Framboisy.

— Alors, débrouillez-vous ! Faites sortir ma voiture et allons tout de suite trouver cette Fantômette. Hop ! au galop ! »

Lahury se renseigne auprès de la direction de *France-Flash,* et le couturier saute aussitôt dans sa voiture pour prendre la direction de Framboisy. Le véhicule est arrêté quelques millions de fois par des feux rouges, puis il finit par sortir des encombrements de la capitale et s'élance sur la route. Deux heures plus tard, Christophe Pimpan arrive à Framboisy, s'engage dans l'avenue des Roses, s'arrête devant le n° 13, un coquet pavillon moderne. Il descend, lève la main pour appuyer sur le bouton de sonnette.

C'est alors qu'éclate le coup de feu.

Chapitre 2

On demande Fantômette !

Surpris, le couturier s'immobilise, le bras en l'air. La détonation a semblé provenir du pavillon, ou du jardin qui l'entoure.

« J'espère que ce n'est pas sur moi que l'on a tiré... Ce serait une bien curieuse manière d'accueillir les visiteurs... »

Il appuie sur la sonnette. On entend ding-dong, et, quelques secondes après, une fine silhouette, contournant le pavillon, s'avance vers l'entrée. C'est Fantômette, dans son costume de soie jaune et noir. Elle porte sa cape sur les épaules, son bonnet et son masque. À la main, elle tient une carabine. Un coup d'œil lui suffit pour reconnaître le couturier.

« Tiens ! monsieur Pimpan ! Charmée de vous voir... Vous venez visiter Framboisy ?

— Ma foi, non... C'est pour une affaire beaucoup plus sérieuse.

— Entrez donc.

— Je ne vous dérange pas, au moins ?

— Pas du tout ! J'étais en train de faire un peu de tir sur une balle de ping-pong. Venez... »

Christophe Pimpan suit Fantômette jusqu'à l'arrière du pavillon. Il y a là une petite pelouse ornée d'un bassin au centre duquel s'élève un jet d'eau. En équilibre sur le jet, une balle blanche monte et descend par petits mouvements brusques. D'un geste rapide, Fantômette épaule sa carabine, tire. Crac ! la balle tombe dans le bassin.

« Mes compliments ! dit Pimpan.

— Oh ! ce n'est rien. Il faudra que je m'entraîne à faire ça les yeux bandés. Mais asseyez-vous donc... Tenez, j'ai un magnifique banc en bois d'arbre authentique, comme dirait Ficelle.

— Ficelle ?

— Une amie à moi. Peu importe. Je vous écoute, monsieur Pimpan. »

Le couturier toussote une ou deux fois pour s'éclaircir la voix, et déclare :

« Voilà. Je suis venu vous demander votre aide. Il s'agit d'une affaire délicate, et je connais votre habileté dans ce genre de choses. Mais d'abord, une question : avez-vous vu la collection de haute couture qui a été présentée, au début de cet après-midi, à la télévision ?

— La collection Brigantini ? Oui, je l'ai vue. Il y avait de très jolies choses.

— Je ne vous le fais pas dire ! Ces jolies choses, c'est moi qui les ai créées !

— Comment cela ?

— Brigantini m'a volé ma collection. Il s'est arrangé pour se procurer le dessin de mes robes, il les a fait confectionner et a présenté le tout aujourd'hui, c'est-à-dire trois jours avant moi ! C'est un plagiat éhonté ! Un véritable scandale ! Il faut que vous capturiez ce Brigantini et que vous le découpiez en dix-huit morceaux avec des ciseaux ! »

Fantômette tripote le pompon qui orne son bonnet. Elle murmure :

« Je vois. C'est ce que l'on appelle de l'espionnage industriel.

— Dites plutôt de l'espionnage artistique, ma chère ! Mes créations sont de véritables œuvres d'art ! Excusez-moi, vous permettez ? »

Christophe Pimpan se lève, saisit la cape de Fantômette par un coin et y pose son doigt.

« Vous avez un faux pli, là... Il faudrait donner un petit coup de fer... Vous en avez un ?

— Oui, dans la maison.

— Je vais arranger ça. Oh ! c'est très peu de chose, vous savez, mais moi, j'ai l'œil... Question de métier ! »

Ils entrent dans la salle de séjour du pavillon. Fantômette retire sa cape, s'en va chercher un fer et un

carré de tissu humide. Tandis que le couturier procède à la rectification avec une habileté de blanchisseuse professionnelle, Fantômette l'interroge :

« Êtes-vous bien certain que ce sont vos modèles qui ont été copiés ? Il ne peut pas y avoir de confusion ?

— Absolument pas ! Ce sont exactement les mêmes formes, les mêmes tissus. Mes robes, je les connais, vous savez !

— Bon. Dites-moi comment vous vous y prenez pour créer vos modèles ? »

Le couturier se recueille un instant, puis explique :

« Voilà. Chaque année, les fabricants de tissus nous envoient des échantillons de ce qu'ils vont produire. Une saison, c'est le vert qui est à la mode, une autre fois c'est le bleu, ou des imprimés noir et blanc, par exemple. Quand j'ai ces tissus en main, j'imagine ce que je vais en faire, comment on va les tailler, les draper, les plisser. Une foule d'idées jaillit dans ma tête. Des idées géniales, le plus souvent. Alors, je prends un grand bloc de papier, un crayon, et je dessine des projets. Si je me sens inspiré — et c'est toujours le cas — j'invente ma collection d'un seul coup, sans interruption. Sous mon crayon, les croquis s'enchaînent automatiquement. Vous me suivez ?

— Oui, très bien. Et lorsque vous avez rempli votre bloc, qu'en faites-vous ?

— Je le donne à mes dessinateurs qui se chargent de le mettre au net. Ils reproduisent mes croquis en plus grand format, et appliquent des couleurs. J'examine alors ces dessins, j'apporte quelques retouches, puis on confie les feuilles à l'atelier qui passe à la réalisation. Tout ceci se fait dans le plus grand secret, bien entendu. Aucune personne étrangère à la maison n'a le droit d'y pénétrer.

— Donc, on ne peut pas voir votre collection avant qu'elle ne soit présentée à la clientèle ?

— Personne d'autre que mes employés. Et moi, bien entendu !

— Pourtant, Brigantini a réussi à envoyer quelqu'un pour vous espionner ?

— Cela paraît impossible. Je me creuse la tête pour essayer de comprendre comment il s'y est pris. C'est un mystère ! »

Fantômette se lève.

« Eh bien, ce mystère, nous allons tâcher de l'éclaircir. Pouvez-vous m'amener à votre maison ?

— Certainement. Vous pourrez regarder partout, fouiner, fouiller, interroger les gens et découvrir les espions. Quand nous les tiendrons, je leur arracherai la peau et je la ferai tanner pour en faire du cuir dans lequel je taillerai des manteaux d'hiver ! »

Chapitre 3

Où sont les espions ?

Dans les salons et les ateliers, l'ambiance est toujours aussi confuse. La désolation cède maintenant la place à la colère, aux idées de vengeance. On maudit Brigantini, on envisage sérieusement de faire une descente dans sa maison de couture pour mettre en pièces sa collection, on rêve d'une grande bataille à coups d'épingles et de ciseaux.

Le retour du maître apporte un peu d'apaisement, et le personnel regarde avec curiosité le lutin jaune, rouge et noir qui l'accompagne. Une modéliste hoche la tête :

« C'est cette petite, la fameuse Fantômette ? Elle n'a pas l'air bien dangereuse...

— Il ne faut pas s'y fier, répond le dessinateur Plastron, elle a déjà capturé je ne sais combien d'assassins. Si Brigantini savait qu'elle est avec nous, il tremblerait dans son pantalon de mohair marine ! »

Guidée par le couturier, Fantômette visite les salons, les ateliers, les bureaux de dessin. Elle se fait montrer le magasin où l'on entasse des milliers de pièces de tissu, où l'on stocke d'innombrables boîtes qui contiennent des accessoires, des ceintures, des bijoux, des dentelles ou des rubans.

Elle inspecte l'alignement des machines à coudre, jette un coup d'œil dans les multiples miroirs qui agrandissent les salons d'essayage, entrevoit des penderies qui en temps normal sont fermées comme des coffres-forts.

Mais maintenant, à quoi bon cacher toutes ces robes, ces vestes, ces tailleurs, puisque la télévision a tout dévoilé ?

Le secret est devenu inutile.

Quand Fantômette a tout vu, elle s'enferme avec Pimpan dans son bureau. Anxieusement, il demande :

« Alors ? Quelle est votre opinion ? Comment Brigantini a-t-il fait pour copier mes modèles ?

— Oh ! attendez ! N'allez pas si vite, monsieur Pimpan. Laissez-moi au moins le temps de réfléchir. Voyons... Tout d'abord, êtes-vous sûr de votre personnel ? Une de vos employées aurait-elle pu dessiner de mémoire les modèles, et communiquer ces dessins à Brigantini ? »

Christophe Pimpan hoche la tête.

« Les petites mains se partagent le travail, donc n'ont pas une vue d'ensemble de la collection. L'une d'entre elles aurait pu faire quelques croquis, mais n'aurait pas eu la possibilité de tout voir. D'autre part, il faudrait une mémoire fantastique pour se rappeler le moindre détail de chaque modèle. De ce côté-là, aucun risque. Quant à la première main, aux habilleuses, elles sont là depuis très longtemps. En fait, depuis la création de ma maison. J'ai pleinement confiance en elles.

— Et les dessinateurs ?

— Même chose. Plastron et Gilet travaillent pour moi depuis des années, et je suis sûr qu'ils sont aussi ennuyés que moi.

— Bon. Votre secrétaire ?

— Il ne s'occupe que de la partie administrative. Je suis persuadé qu'il ne distinguerait pas une chemise d'un chapeau !

— Bien. Il ne reste donc plus que vous...

— Moi ?

— Oui. Oh ! bien sûr, je ne dis pas que vous avez montré vos croquis à Brigantini, mais n'auriez-vous pas reçu la visite de quelqu'un qui aurait pu avoir accès aux dessins ? Je ne sais pas, moi... un visiteur par exemple ? Qui serait resté dans ce bureau pendant que vous vous absentiez ? »

Le couturier réfléchit, puis secoue la tête.

« Non, certainement pas. Au moment où j'inventais ma collection, j'étais absolument seul.

— Et les dessinateurs ? N'auraient-ils pas reçu de la visite, eux ?

— Non plus. Je vous répète que tant que la collection n'est pas présentée, on ne ferait pas entrer une fourmi dans cette maison. Personne ne peut forcer les barrages. Et même si un étranger pouvait passer, on s'en apercevrait immédiatement, puisque nous nous connaissons tous. C'est justement ce qui rend ce problème particulièrement irritant ! Personne n'est entré, et les dessins ne sont pas sortis. »

Fantômette se met à marcher en rond dans la pièce, entortillant autour de son index une de ses boucles brunes.

Elle murmure : « Il faut pourtant bien que quelqu'un soit entré à un moment ou un autre, soit dans ce bureau, soit chez les dessinateurs. Ou alors... »

Christophe Pimpan lève un sourcil.

« Alors ?

— Attendez ! Je voudrais retourner dans le studio des dessinateurs.

— Entendu. Allons-y ! »

Le studio est une vaste pièce carrée, dont tout un côté est occupé par une paroi vitrée. De là, on découvre un panorama d'arbres qui colorent en vert le bas des Champs-Élysées. De longues tables à dessin s'alignent, sur lesquelles sont punaisées des feuilles couvertes de croquis. L'atmosphère est fortement polluée par la fumée des pipes sur lesquelles tirent Plastron et Gilet. À l'opposé du mur de verre,

la cloison est recouverte d'un grand panneau rectangulaire en liège. Fantômette s'en approche et demande :

« À quoi vous sert ce tableau ? J'y vois des trous d'épingle... »

Plastron prend une feuille de papier, deux épingles, et fixe la feuille sur le panneau.

« Voilà. Quand nous avons terminé la maquette d'une robe, nous la mettons contre le mur, pour pouvoir la regarder plus facilement. Nous épinglons toute la collection sur le panneau, de manière à avoir une vue d'ensemble. »

Christophe Pimpan précise :

« Cette méthode était employée par Walt Disney lorsqu'il préparait un dessin animé. Les principales scènes étaient affichées de cette manière, pour avoir une idée générale de ce que donnerait le film. Je suis le seul couturier parisien à avoir adopté ce système, qui me permet d'avoir une vue complète de ma collection. D'un seul coup d'œil, je peux me rendre compte si ma présentation aura du succès. Et je dois dire, en toute modestie, que mes créations sont toujours parfaites. »

Fantômette réfléchit une seconde, puis demande :

« Votre dernière collection, vous l'avez donc affichée sur ce panneau !

— Oui. J'ai apporté quelques retouches aux dessins, ensuite on les a décrochés et remis aux ateliers. »

Mains au dos, Fantômette regarde le paysage parisien à travers les baies vitrées. Le panneau de liège se trouve derrière elle. Au bout d'un moment, elle a un petit rire et se tourne vers le couturier.

« Maître, votre idée d'accrocher les dessins sur ce panneau est peut-être bonne pour avoir une collection réussie. Mais c'est quand même *une idée catastrophique.*

— Quoi ? Que voulez-vous dire ?

— Je veux dire que si vous n'aviez pas présenté vos projets de robes sur ce mur, Brigantini n'aurait jamais pu les copier. »

Christophe Pimpan lève un sourcil, incrédule.

« Allons donc ! Vous voulez dire qu'il a vu mes dessins à travers ces carreaux et qu'il les a copiés ?

— Exactement.

— C'est impossible ! Si encore il y avait un immeuble en face, il aurait pu s'y cacher et photographier les croquis avec un téléobjectif. Mais regardez : il n'y a que des arbres, et encore dans le bas. Même en grimpant sur l'un d'eux, on n'arrive qu'à la hauteur du troisième étage, et nous sommes au cinquième, bien au-dessus ! Regardez vous-même : il n'y a personne devant !

— Monsieur Pimpan, il n'y a personne dans les arbres, c'est vrai. Mais regardez au-delà. Plus loin, il y a d'autres immeubles parisiens. Il y a la tour Eiffel, il y a la tour Montparnasse. Certaines constructions dominent la ville. Et il y a surtout cette coupole que j'aperçois là-bas, juste en face.

— Une coupole ?

— Oui. Ce dôme blanc, qui dépasse un peu la hauteur des autres immeubles, sur la rive gauche. C'est l'endroit *d'où l'on a photographié vos dessins,* mon cher monsieur ! »

Chapitre 4

La lunette astronomique

Paf ! Paf ! Flop-flop-flop ! Poum ! Poum ! Paf ! Le journaliste Œil de Lynx sort de sa 2 CV et soulève le capot. Il rejette sa casquette en arrière pour fourrager dans ses cheveux blonds, et examine le moteur d'un air perplexe, en se demandant de quelle maladie bizarre il est atteint.

« C'est peut-être l'essence qui arrive mal... ou ma bougie qui est encrassée... ou les deux à la fois... »

Il sort une pipe de sa poche, la bourre, l'allume en grommelant :

« Je me demande quand le patron va se décider à m'offrir une voiture neuve. J'en ai plein mes chaussettes de cette casserole ! »

Au premier étage de l'immeuble, où se trouve la

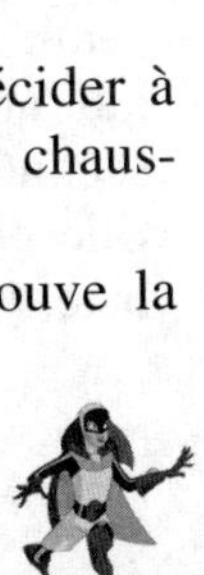

rédaction de *France-Flash,* une fenêtre s'ouvre pour laisser apparaître une tête qui hurle :

« Œil de Lynx ! Le téléphone ! »

Le jeune journaliste s'engouffre sous le porche, prend d'assaut l'escalier, plonge dans l'atmosphère enfumée de la salle.

Tony Truand, le rédacteur en chef, lui tend le téléphone.

« Tiens ! C'est Fantômette qui te demande. »

Le journaliste saisit vivement l'appareil.

« Allô, Fantômette ! Content de vous avoir au bout du fil. Quoi de nouveau ?

— Une affaire qui peut vous intéresser, Œil. Vous passez me prendre ? Je suis chez Christophe Pimpan.

— Entendu. J'arrive. »

Il raccroche. Tony Truand demande :

« Tu vas te lancer dans une nouvelle enquête ?

— Ça se pourrait. Avec Fantômette, j'ai toujours des reportages tonitruants ! »

Œil de Lynx, qui s'appelle en réalité Pierre Dupont, dégringole l'escalier, donne deux ou trois coups de poing sur le carburateur de sa 2 CV, referme le capot, tire sur le démarreur. Miracle. Ça part... Il plonge dans les embouteillages, se faufile entre les taxis, les camions, les autobus, parvient devant le bel immeuble qui abrite les salons de Christophe Pimpan. À la seconde où la voiture s'arrête, Fantômette apparaît. Elle court vers le véhicule, serre la main du journaliste, lui expose la situation en style télégraphique :

« Quelqu'un a photographié la collection Pimpan. Une lunette puissante. Direction : l'Institut européen d'optique. Là-bas, rive gauche.

— Vu. On y va. »

Œil de Lynx fait rugir sa boîte de conserve ambulante et crie, pour couvrir le raffut :

« Une affaire d'espionnage industriel, si je comprends bien ? »

Fantômette approuve d'un signe de tête, et la marmite motorisée franchit le pont Alexandre-III, tandis que le journaliste se réjouit. Il va pouvoir écrire le « papier » à sensation qui accroîtra la vente de *France-Flash,* et lui vaudra une grande tape sur l'épaule administrée par son rédacteur en chef.

Le tacot bronchiteux s'engage sur la rive gauche de la Seine, frôle un autobus, érafle un taxi qui le traite de poubelle, grille un feu qui rougit d'indignation et s'arrête au pied d'un panneau de stationnement interdit, devant l'Institut d'optique. Suivi par Fantômette, le reporter s'engage dans le hall de l'immeuble, s'adresse à un huissier qui lit une bande dessinée de science-fiction : *Le Vénusien aux pieds tendres.* L'huissier quitte à regret son orbite pour revenir sur la Terre. Il demande d'un ton morne :

« Vous désirez ?

— Voir le directeur », répond Œil de Lynx.

Le préposé lève un sourcil, abaisse l'autre.

« Voir le directeur de l'Institut ? Vous avez rendez-vous ?

— Non, mais il s'agit d'une affaire très importante. »

L'homme hoche la tête :

« C'est ce que disent tous les visiteurs. Tenez, si vous voulez bien inscrire votre nom sur ce papier, avec l'objet de la visite... »

Alors, Fantômette intervient. Elle s'approche de l'huissier, qui n'a pas encore fait attention à elle, et s'écrie :

« Nous devons voir le directeur d'urgence. Des Martiens s'apprêtent à envahir la Terre ! »

Surpris par la vision de cette diablesse qui lui annonce une nouvelle aussi stupéfiante, l'huissier pousse un cri :

« Ah ! vous en êtes sûre !

— Absolument ! Je peux même vous préciser que ces Martiens sont de couleur vert épinard.

— Mon Dieu ! C'est terrible ! Ne bougez pas, je vais prévenir M. Caribou immédiatement. C'est le directeur. »

L'huissier s'éclipse en toute hâte, pendant qu'Œil de Lynx contient difficilement une forte envie de rire. Au bout de quelques instants apparaît un monsieur aux cheveux gris, vêtu d'un complet noir. À travers ses lunettes, son regard froid n'est pas celui d'un plaisantin.

Il demande d'un ton sec :

« Qu'est-ce que c'est, cette histoire de Martiens ? Je vous préviens tout de suite que je n'ai pas de temps à perdre avec des fariboles ! » En découvrant le costume de Fantômette, il fronce les sourcils :

« Quel est ce déguisement de carnaval ? Et d'abord, qui êtes-vous ?

— Fantômette.

— Fantômette ? Connais pas. Dites ce que vous avez à dire, et allez-vous-en. »

Notre justicière répond, très vite :

« Un espion utilise clandestinement votre lunette. C'est tout. Au revoir, monsieur ! »

Elle lui tourne le dos et se dirige vers la sortie. Du coup, M. Caribou manifeste sa surprise.

« Hé ! attendez ! Ne vous sauvez pas comme ça ! Venez dans mon bureau ! »

Fantômette adresse un petit sourire à Œil de Lynx qui le lui rend, et tous deux entrent dans le bureau du directeur. Ce dernier les fait asseoir et demande :

« Pouvez-vous me préciser avant tout ce que signifie cette histoire de Martiens ? Ce n'est pas sérieux, je suppose ?

— Non, dit Fantômette, simplement un prétexte pour vous rencontrer.

— Je m'en doutais. Mais la lunette ?

— Là, c'est tout à fait sérieux. Vous avez bien une nouvelle lunette dans votre observatoire ?

— Parfaitement. Depuis le mois dernier. Mais comment le savez-vous ?

— Je suis abonnée à la Gazette astronomique. »

Le directeur paraît agréablement surpris.

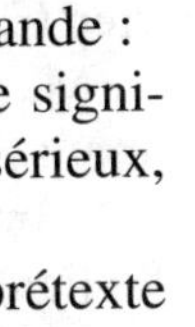

« Ah ! vous vous intéressez donc à l'astronomie, mademoiselle ? heu... comment dites-vous ? Fantô...

— ... mette. Oui, je m'occupe un peu de tout, quand je ne suis pas à courir après les voleurs.

— Et vous mettez ce costume bizarre pour faire vos enquêtes, je suppose ?

— Oui, c'est une sorte d'uniforme. J'ai donc appris que votre institut possède une lunette à fort grossissement. Il paraît qu'elle permet de photographier un timbre-poste à dix kilomètres. Est-ce vrai ? »

Le directeur sourit.

« C'est vrai. Bien qu'elle ne nous serve pas à observer des timbres-poste, mais des planètes ou des étoiles.

— Eh bien, monsieur Caribou, quelqu'un s'en est servi pour photographier des dessins chez le couturier Christophe Pimpan. »

M. Caribou secoue la tête. Il prononce très nettement :

« Impossible ! »

Fantômette insiste :

« Je vous assure que d'ici on peut apercevoir l'immeuble où se trouvent les ateliers du couturier !

— Oh ! je ne dis pas le contraire, mademoiselle. Mais j'affirme qu'aucune personne étrangère à notre institut n'a pu se servir de la lunette. Elle est réservée à l'usage de quelques astronomes en qui j'ai la plus entière confiance. »

D'un geste machinal, Fantômette entortille une de

ses boucles noires autour de son index, ce qui est l'indice d'une réflexion profonde.

Elle demande :

« Les astronomes font leurs observations pendant la nuit, n'est-ce pas ?

— Évidemment. Les étoiles ne sont visibles que lorsque le ciel est noir.

— Bon. Comme l'espion n'a pu faire ses photos qu'en plein jour, il était sûr de ne rencontrer personne, n'est-ce pas ? »

M. Caribou médite pendant un moment, puis murmure :

« En effet, pendant le jour, l'observatoire est vide...

— Pouvons-nous y jeter un coup d'œil ?

— Certainement. Je vais vous conduire. »

Le directeur marchant en tête, ils sortent du bureau, longent un couloir, traversent une bibliothèque où un étudiant, au creux d'un fauteuil sphérique, compulse un ouvrage d'astronomie. M. Caribou ouvre la porte d'un petit ascenseur qui les emmène jusqu'à la partie supérieure du bâtiment. Ils entrent dans une pièce circulaire dont le mur se confond avec le plafond pour former l'intérieur d'une coupole. Au centre, une sorte de canon est monté sur un affût massif hérissé de leviers et de manettes. Le directeur désigne l'appareil d'un geste :

« Voici la lunette. Cela m'étonne tout de même qu'on s'en soit servi pour faire les photos dont vous

parlez... Enfin, nous allons vérifier. À quel endroit se trouve cette maison de couture ?

— À l'angle de la rue Molière et de l'avenue Louis-XII.

— Je vois... Cela doit faire à peu près un angle de 15 degrés vers l'ouest. »

M. Caribou s'approche d'un tableau muni de boutons numérotés, appuie sur l'un d'eux. On entend un ronflement de moteur électrique, et un panneau se met à glisser sur la paroi, découvrant un secteur qui s'ouvre vers l'extérieur du bâtiment. C'est comme une fenêtre triangulaire, large dans le bas et de plus en plus effilée vers le haut.

À travers cette fenêtre ogivale, on découvre une partie des toits de Paris, le dôme des Invalides et l'Arc de Triomphe. M. Caribou tourne un gros bouton noir, ce qui abaisse la lunette vers les immeubles de la rive droite. Encore quelques réglages, puis il annonce :

« Je crois que nous y sommes à peu près. J'ai dans mon oculaire le bas de la rue Molière. Si vous voulez jeter un coup d'œil... »

Fantômette s'empresse de prendre la place du directeur. Elle regarde dans la lunette géante, donne des indications.

« Pouvez-vous remonter un peu ? Très bien... maintenant, vers la gauche... stop ! Un peu plus bas... »

Le directeur manœuvre les boutons selon les directives de la jeune justicière qui lève brusquement la main.

« Ça y est ! Nous y sommes ! En plein sur la fenêtre de l'atelier... Tenez, regardez... »

M. Caribou examine l'image qui s'inscrit dans l'oculaire.

Il découvre l'intérieur d'une pièce où s'affairent les petites mains pour reconstituer une nouvelle collection. Un petit coup de bouton vers la droite, et c'est une vue directe sur le studio où les dessinateurs épinglent de nouveaux croquis sur la planche murale. Le directeur abandonne la lunette et se met à marcher en rond dans l'observatoire.

« Vous aviez raison, Fantômette. C'est bien avec cette lunette qu'on a pu photographier la collection de ce couturier. Mais, encore une fois, je ne vois vraiment pas qui aurait forcé la porte...

— Forcé la porte ? Il n'y a même pas de serrure !

— C'est vrai, admet le directeur. On n'a pas mis de fermeture pour la bonne raison qu'il n'y a rien à voler ici. À part la lunette, bien sûr... Mais comme elle pèse plus d'une tonne, il ne doit pas être très facile de l'emporter sous le bras... »

Œil de Lynx, qui jusqu'à présent s'est contenté d'écouter, se tourne vers le directeur.

« Pendant la journée, vous recevez bien des visiteurs, ou des étudiants, ou des stagiaires ?

— Oui, en effet.

— L'un d'eux aurait très bien pu prendre l'ascenseur, venir jusqu'ici et se servir de la lunette ?

— Ma foi... ce n'est pas impossible. Pourtant, il

n'y a pas eu beaucoup de monde ces derniers temps. Juste l'étudiant que vous avez peut-être aperçu dans la bibliothèque.

— Vient-il depuis longtemps ?

— Une quinzaine, je crois. Il prépare une thèse sur l'histoire de l'optique. »

Fantômette suggère :

« Nous pourrions peut-être lui poser quelques questions ?

— Si vous voulez », répond M. Caribou. Ils sortent de l'observatoire, prennent de nouveau l'ascenseur, entrent dans la bibliothèque. Mais le fauteuil qu'occupait l'étudiant est maintenant vide.

Le mystérieux espion — si c'est lui — s'est discrètement éclipsé, pour employer un langage astronomique.

Chapitre 5

À la recherche de l'espion

« Seriez-vous capable de le reconnaître ? demande M. Caribou à Fantômette.

— Je pense, oui. Des cheveux noirs, très longs, un grand nez, des lunettes cerclées d'or. Il a le menton pointu et une petite cicatrice sur la joue gauche. Chandail vert foncé, pantalon de velours côtelé noir, chaussettes grises et sandales de cuir brun. Il a une montre à cadran émaillé bleu de la marque Précix. »

Le directeur ne dissimule pas sa surprise. « Eh bien, on peut dire que vous avez l'œil photographique ! Vous ne l'avez pourtant aperçu que pendant quelques secondes...

— Bah ! c'est une question d'entraînement. Mais, dites-moi, avez-vous le nom et l'adresse de cet étudiant ?

— Il faudrait demander à ma secrétaire. Allons dans son bureau. »

On consulte la secrétaire qui sort une fiche d'un casier. Le directeur lit : « René Nuphar. Étudiant en astronomie. 17, rue des Chats-Échaudés, Paris, VIe. »

Œil de Lynx demande :

« Vous a-t-il été recommandé par quelqu'un ?

— Ma foi, non. Il s'est présenté de lui-même. J'ai bavardé un moment avec lui. Il m'a eu l'air d'avoir de bonnes connaissances en physique, et tout m'a donné à croire qu'il était un étudiant sérieux. Mais rien ne prouve encore que ce soit votre espion. Puis-je encore faire quelque chose pour vous ? »

C'est Fantômette qui répond :

« Non, monsieur le directeur, ce sera tout. Nous vous remercions de votre aide.

— Tenez-moi au courant. Je tiens à savoir si notre lunette a réellement servi pour faire de l'espionnage. D'ailleurs, je vais tout de suite faire poser une serrure à la porte de l'observatoire ! »

Fantômette et Œil de Lynx sortent de l'Institut d'optique, remontent dans la 2 CV dont le pare-brise s'est orné d'un ravissant papillon posé par un contractuel. Le reporter met en route sa machine à faire du bruit. Il hurle :

« Je suppose que nous allons rue des Chats-Échaudés ? »

Fantômette fait signe que oui. La marmite à quatre

roues prend la direction du Quartier latin et recommence son slalom entre les autres voitures.

La jeune justicière profite de ce trajet mouvementé pour réfléchir au sujet de cet étudiant.

Si c'est réellement l'espion-photographe, il a sûrement donné un faux nom et une fausse adresse. Mais on ne doit rien négliger quand on mène une enquête. Les pensées du journaliste ont dû suivre le même chemin, car il crie :

« Je serais bien étonné s'il existait, ce René Nuphar ! »

La guimbarde s'engage dans un fouillis de petites rues où fourmillent les librairies et les boutiques d'antiquités, entre dans la rue des Chats-Échaudés, s'arrête devant une porte cochère. L'entrée du 17 est juste à côté, contre un petit bistrot à l'enseigne du *Trou assoiffé.* Dans le couloir sont accrochées des boîtes aux lettres. Surprise ! sur l'une d'elles se trouve collée une étiquette portant un nom : René Nuphar, 2e, gauche.

« Curieux, murmure Fantômette. Il ne se cache pas. J'en conclus que ce n'est pas notre espion. Sinon, il aurait pris une fausse identité. »

Nos enquêteurs montent au second étage, frappent à la porte de gauche. Aucune réponse. Ils frappent de nouveau, attendent. Toujours rien.

« Redescendons, dit Fantômette. Comme il n'y a pas de concierge, nous pouvons interroger le patron du bistrot. »

Œil de Lynx entre au *Trou assoiffé* qui est à peu près désert. Il n'y a là qu'un client, un jeune homme blond assis à une table couverte de cahiers, et le patron derrière son comptoir. Le journaliste s'approche de lui, commande deux jus de fruits et demande :

« Vous ne savez pas si l'étudiant du 17 va bientôt revenir ? René Nuphar... »

Le patron fait un mouvement du menton.

« Il est ici, derrière vous. » Œil de Lynx et Fantômette se retournent vers le jeune homme blond qui lève son nez de ses papiers.

« Vous me demandez ? » Pendant une seconde, nos deux enquêteurs restent interdits. René Nuphar ? C'est donc lui ! Et l'autre, alors, l'astronome brun, a donné au directeur de l'institut un nom qui n'est pas le sien. C'est vraiment l'espion-photographe, il n'y a plus de doute !

Fantômette s'approche du jeune homme qui ne paraît guère surpris de voir cette personne masquée et vêtue de soie. Il dit simplement :

« Vous êtes Fantômette, n'est-ce pas ?

— Oui, c'est moi. Je puis vous poser une ou deux questions ?

— Bien sûr.

— Voici le journaliste Œil de Lynx. Avec lui, je fais une enquête au sujet d'un étudiant en astronomie qui s'est fait inscrire à l'Institut d'optique sous votre nom. Comme il a également fourni votre adresse, nous sommes venus ici. Le connaîtriez-vous ?

— Comment est-il, physiquement ?

— Brun, cheveux longs, lunettes, une petite cicatrice sur...

— Stop ! Je le connais, oui. »

Fantômette et Œil de Lynx poussent un soupir de soulagement. Le fil de l'enquête n'est pas cassé, et ils vont pouvoir continuer leur chasse à l'espion. La jeune justicière demande :

« Comment se nomme-t-il ?

— Rémi Croscop. Nous faisions nos études ensemble, l'année dernière, en classe de physique supérieure. Ainsi donc, il a usurpé mon identité, comme disent les magistrats. Pour quelle raison ? »

Rapidement, Fantômette résume l'affaire. L'étudiant hoche la tête.

« Je vois. Il a dû se faire payer très cher ce travail d'espionnage. Évidemment, les étudiants ne gagnent pas beaucoup d'argent...

— Connaissez-vous son adresse réelle ?

— La dernière fois que je l'ai vu, il logeait dans un hôtel, sur les quais. Le *Guillaume Hôtel.*

— Nous y allons tout de suite. Merci, monsieur Nuphar ! »

Œil de Lynx et Fantômette sortent en courant du café, sans même prendre le temps de boire leurs jus de fruits, bondissent dans leur soupière pétaradante

dont le pare-brise bénéficie d'un second P.-V. Ils démarrent dans un style 24 Heures du Mans, foncent vers les quais. Quelques embouteillages plus tard, Œil de Lynx bloque ses freins devant un arrêt d'autobus, près de l'hôtel.

Nos deux détectives descendent, entrent dans le hall, s'adressent au réceptionniste. Il réfléchit un moment, se gratte le menton.

« Un étudiant à cheveux longs... C'est qu'ils ont tous les cheveux longs, vous savez... Vous dites, Rémi Croscop ? Une seconde, je vais voir... »

Il ouvre son registre, l'examine ligne par ligne. Son doigt s'arrête devant le nom recherché.

« Voilà. Rémi Croscop. Il est parti depuis trois jours.

— A-t-il laissé une adresse pour faire suivre son courrier ? demande Fantômette.

— Non, aucune.

— Bien, merci. »

La justicière et le journaliste, un peu déçus, sortent de l'hôtel et remontent dans la 2 CV au moment où un contractuel s'apprêtait à sortir son carnet de contraventions.

« Que faisons-nous maintenant ? demande Œil de Lynx. Nous n'avons plus de piste. Notre photographe-espion a filé, et il ne reviendra plus à l'Institut d'optique, je suppose.

— Oui, c'est probable. Je pense même que c'est moi qui l'ai fait fuir.

— Comment cela ?

— Mais oui. Réfléchissez, mon cher Œil. Il est venu une première fois pour photographier la collection de Christophe Pimpan. Bien. Maintenant que le couturier a entrepris de refaire une nouvelle collection, notre étudiant avait l'espoir de recommencer son coup. Seulement, lorsqu'il m'a vue, il s'est méfié et a préféré se retirer discrètement. »

Œil de Lynx a un petit rire ironique.

« C'est votre faute, ma chère !

— Ma faute ?

— Mais oui. Si vous ne portiez pas un costume aussi ahurissant, les bandits ne pourraient pas vous reconnaître !

— Bon, bon ! La prochaine fois, je me déguiserai en étudiant, avec une perruque et une fausse barbe ! En attendant, vous allez nous conduire chez celui qui a manigancé toute cette affaire. Celui qui a payé Rémi Croscop pour qu'il fasse les photos...

— Qui donc ?

— L'autre couturier. Le bénéficiaire. Le voleur de collections. Brigantini. »

Nouveau démarrage vrombissant de la boîte de sardines qui traverse la Seine pour revenir sur la rive droite. Ruée dans les encombrements, puis arrêt devant l'immeuble qui abrite les salons de couture de Brigantini.

Dans le hall, il faut montrer patte blanche, c'est-à-dire la carte de journaliste. L'hôtesse de service

appuie sur le bouton d'un interphone, annonce Œil de Lynx.

Une voix répond que le maître est occupé, et qu'il recevra les représentants de la presse le lendemain.

Fantômette s'approche alors de l'hôtesse et dit sèchement :

« Veuillez annoncer à M. Brigantini que s'il n'est pas là dans trois minutes, il recevra la visite de la police dans moins d'une demi-heure ! »

Un peu surprise, l'hôtesse répète les paroles de la justicière dans son micro, et obtient une réponse différente de la première. Avec un large sourire, elle répond :

« M. Brigantini va descendre dans une minute. Si vous voulez bien vous asseoir... »

Quelques instants plus tard apparaît un homme brun, grand et mince, vêtu d'un complet noir à rayures blanches. Il s'incline vers les visiteurs avec un sourire pour campagne promotionnelle de dentifrice.

« Le célèbre reporter Œil de Lynx, je présume ? Et l'illustrissime Fantômette ? Je suis charmé de votre visite, vraiment charmé. Que puis-je faire pour vous ? »

C'est Œil de Lynx qui répond :

« Nous aimerions que vous nous donniez l'adresse du photographe qui vous a vendu les clichés de la collection Pimpan. »

Le couturier sourit de plus en plus. Il émet un petit rire et déclare :

« J'avoue que je ne saisis pas très bien. Vous dites ? Des clichés ? La collection Pimpan ?

— Allons, monsieur Brigantini, ne faites pas l'ignorant. Nous savons très bien que vous avez copié la collection de votre confrère pour présenter ses modèles sous votre marque ! »

Le rire de Brigantini redouble :

« Ha ! ha ! ha ! Mais quelle est cette fable ? Je n'ai jamais copié quoi que ce soit. Ma collection, je suis assez grand pour l'inventer moi-même... Et d'ailleurs...

— D'ailleurs ?

— Si j'avais réellement copié la collection de Christophe Pimpan, n'aurait-il pas déjà porté plainte contre moi ?

— Il ne veut pas le faire pour ne pas être ridiculisé, monsieur Brigantini. »

Le couturier hausse les épaules, redevenant sérieux.

« Écoutez, cher monsieur, je crois que vous êtes en train de me faire perdre mon temps. Veuillez m'excuser... Mademoiselle, si vous voulez bien reconduire ces personnes... »

Il s'éloigne, tandis que l'hôtesse reconduit le journaliste et Fantômette jusqu'à la sortie. Œil de Lynx grommelle entre ses dents.

« Ah ! le bandit ! la canaille ! Il sait bien que nous ne pouvons rien faire contre lui, dès le moment où Christophe Pimpan n'a pas porté plainte...

— Voyons, dit Fantômette, ne vous mettez pas dans cet état, mon cher Œil ! On croirait que vous allez éclater !

— Avouez qu'il y a de quoi être furieux ! Il n'avouera jamais, ce ruffian !

— Bon, bon. Eh bien, nous allons chercher autre chose, voilà tout... »

En compagnie de Fantômette, il remonte dans la 2 CV dont le pare-brise s'orne du papillon habituel, puis la voiture s'engage au hasard dans les rues encombrées.

Œil de Lynx rumine sa déconvenue, Fantômette médite en chantonnant un air à la mode : *J'ai avalé mon micro.*

Le journaliste longe les Champs-Élysées, revenant machinalement vers les bureaux de *France-Flash.* Il n'a pas encore digéré l'affront que lui a fait le couturier. Car c'est véritablement un affront ! Le malhonnête Brigantini s'est moqué de lui. Et il s'agit non seulement de le punir de sa malhonnêteté, mais encore de laver dans l'encre d'imprimerie son mépris évident qui...

« Stop ! »

Œil de Lynx écrase la pédale du frein, surpris.

« Que se passe-t-il, ma chère ?

— Il se passe que nous sommes devant un bureau de poste, mon bel Œil. Rangez-vous le long du trottoir, et donnez-moi un papier avec un crayon, si vous avez ce matériel sur vous. »

Le journaliste sort un bloc, un crayon à bille et donne le tout à Fantômette en demandant :

« Qu'allez-vous faire ? Un dessin ?

— Non. Je vais rédiger un télégramme que vous allez envoyer tout de suite. »

Elle griffonne quelques mots sur une feuille, la tend au journaliste qui émet un petit sifflement de surprise.

« Ah ! je commence à comprendre votre idée, ma chère. Vous voulez tendre un piège à Brigantini ?

— Oui. Il sera bien obligé d'avouer qu'il connaît Rémi Croscop, n'est-ce pas ?

— Oui.

— Alors, je compte sur vous pour ce soir, mon cher Œil. Car vous viendrez, je suppose ?

— Plutôt trois fois qu'une, ma chère Fantômette ! Je crois que je tiens le reportage de ma vie ! »

Chapitre 6

Le piège

Brigantini s'est enfermé dans son bureau après avoir crié à sa secrétaire :

« Je n'y suis pour personne. »

Il allume une cigarette et se met à tourner en rond, nerveusement. La visite du journaliste et de la justicière l'a agacé et inquiété. Christophe Pimpan n'a pas osé porter plainte, bien sûr, mais il a appelé Fantômette à son secours. Ce qui est bien ennuyeux. La jeune justicière n'a pas la réputation d'abandonner les enquêtes qu'elle entreprend, et si elle fourre son petit nez dans les affaires du couturier, elle ira jusqu'au bout !

« C'est fâcheux, ça ! Elle sait déjà que j'ai chargé Rémi Croscop de faire les photos... Elle n'a pas perdu de temps ! Quelle sale petite peste ! »

Il s'apprête à déboucher une bouteille de cognac, lorsque la sonnerie du téléphone se fait entendre.

Il décroche.

« Allô ! Ici l'illustre Brigantini. Qui a l'honneur de me parler ?

— Rémi Croscop. »

Le couturier sursaute.

Voici justement son photographe au bout du fil !

Il se met à parler, très vite : « Ah ! mon petit Rémi, tu fais bien de m'appeler ! Je viens justement d'avoir la visite de Fantômette, et elle sait que c'est toi qui as fait les photos.

— Eh bien, maître, je vous appelais justement à son sujet. Elle est venue à l'Institut d'optique. J'étais dans la bibliothèque au moment où elle entrait. Je me suis sauvé aussitôt. Seulement, je ne vais plus pouvoir faire d'autres photos...

— Tant pis ! Nous laissons tomber la nouvelle collection de Pimpan. Le principal, c'est que tu te mettes à l'abri. Il ne faut pas qu'elle te retrouve. Comme ça, elle ne pourra jamais prouver que je t'ai fait photographier les studios de Pimpan. Ah ! excuse-moi une seconde... »

Brigantini repose le téléphone, car on vient de glisser sous sa porte un papier bleu. Il le ramasse, l'ouvre. C'est un télégramme. Il lit :

« VENEZ À 21 HEURES AU 35 RUE DES SOBRIQUETS. RÉMI. »

Reprenant le téléphone, il déclare :

« Mon petit, c'est justement ton télégramme qui vient d'arriver.

— Mon télégramme ?

— Oui. Je me demande d'ailleurs pourquoi tu télégraphies, alors que tu es précisément en train de téléphoner...

— Mais je n'ai jamais envoyé de télégramme !

— Comment ? mais c'est signé *Rémi.*

— Peut-être, mais il n'est pas de moi. Que dit-il ?

— Il me fixe un rendez-vous pour ce soir.

— Méfiez-vous, maître, c'est peut-être un piège... »

Le couturier réfléchit un instant, puis il prend une décision :

« Écoute-moi bien. Voici ce que tu vas faire... »

*
* *

Au n° 35 de la rue des Sobriquets s'élève un immeuble en construction. Ce n'est pas par hasard si Fantômette a choisi cet endroit pour y faire venir Brigantini. Le lieu est calme à partir du moment où les ouvriers s'en vont. Il ne reste sur le chantier qu'un gardien qui s'enferme dans sa baraque de bois pour écouter son transistor sans être dérangé.

Afin de ne pas troubler la paix de ce brave homme, Fantômette et Œil de Lynx font une entrée discrète, se glissant silencieusement derrière la palissade qui ferme le terrain d'une manière assez sommaire. Nos deux héros font rapidement le tour du chantier, jetant un coup d'œil sur les sacs de ciment, les tas de briques et les bétonnières. Apparemment, le couturier n'est pas arrivé.

Œil de Lynx regarde le cadran de sa montre. Elle marque 20 h 30.

« C'est normal qu'il ne soit pas encore là. Nous sommes en avance. Nous aurions pu venir plus tard...

— Je préfère prendre mes précautions et être la première sur place. Il nous faut le temps de repérer l'endroit où vous allez vous cacher, mon cher Œil.

— Parce qu'il faut que je me cache ?

— Du moins, je voudrais que vous dissimuliez le magnétophone. Nous devrons essayer de lui faire dire qu'il a fait faire les photos par Rémi Croscop. Tenez, derrière ces sacs de plâtre... »

Il y a là trois ou quatre sacs entassés, qui permettent à Fantômette de cacher l'enregistreur. Le journaliste fait un essai pour contrôler le bon fonctionnement de l'appareil, puis il s'assoit tranquillement sur un sac et déclare :

« Maintenant, il ne nous reste plus qu'à attendre. Croyez-vous qu'il va venir ?

— Je l'espère. Sinon, nous n'aurons plus aucun moyen de retrouver la trace de l'espion. »

Dans la rue les voitures passent, lanternes allumées. L'une d'elles ralentit, s'approche du trottoir opposé, manœuvre pour se loger dans une place libre.

« Ce doit être lui », dit le journaliste.

La portière s'ouvre, et une dame sort. Elle rentre chez elle. Nos deux enquêteurs continuent de guetter les véhicules. Après cinq minutes d'attente, un taxi ralentit, stoppe devant le chantier. Œil de Lynx et Fantômette retiennent leur respiration. Un homme descend. Un petit vieillard encombré de paquets, qui disparaît dans un hôtel proche. Œil de Lynx soupire :

« Cette attente est exaspérante ! Ça impose une tension nerveuse... Je vais allumer ma pipe, ça me calmera... »

Il se lève, fait quelques pas en bourrant sa pipe, s'arrête, frotte une allumette...

Quelque part, dans le chantier, une sorte de craquement se produit. Cela semble venir des étages supérieurs... Fantômette lève la tête, pousse un cri, bondit vers le journaliste et le bouscule de toutes ses forces. Tous deux roulent dans la poussière, en même temps qu'un choc fait trembler le sol, accompagné d'un bruit mat et d'un gros nuage gris. Pendant quelques instants, nos deux héros restent immobiles dans la terre et les plâtras. Œil de Lynx bredouille :

« Mais... mais... qu'est-ce qui s'est passé ? »

Fantômette se relève, brosse son costume couvert de poussière et montre un gros sac de ciment qui gît sur le sol.

« Voilà ce qui vient de tomber du ciel, mon cher Œil. Si je ne vous avais pas poussé, vous le receviez sur le crâne, ce qui vous aurait fait une jolie bosse !

— Une bosse ? Dites que ça m'aurait tué net ! Vous venez de me sauver la vie, Fantômette, et ma reconnaissance...

— Mettez votre reconnaissance dans votre poche, et aidez-moi à attraper notre oiseau. Il doit être là-haut, sur son perchoir... »

Suivie par le journaliste, Fantômette s'élance sur une échelle de bois qui conduit au premier étage. Il n'y a là qu'une grande surface de béton nue. Une seconde échelle permet de monter plus haut, au deuxième étage, où il n'y a rien à découvrir. Œil de Lynx a allumé une lampe de poche, mais son rayon n'accroche rien. Fantômette lui souffle à l'oreille :

« Il est sûrement au-dessus. Il n'y a que trois étages. Êtes-vous armé ?

— Heu... j'ai un stylo...

— Comme force de frappe, c'est un peu maigre.

— Je me bats surtout avec ma plume, vous savez... »

Fantômette tire de sa ceinture un fin poignard florentin, en serre la lame entre ses dents pour avoir les mains libres, afin d'agripper les barreaux de la dernière échelle. Lorsqu'elle parvient sur la troisième plate-forme, elle crie :

« Vous êtes pris ! Rendez-vous ! N'essayez pas de résister ! Le chantier est cerné ! »

Œil de Lynx la rejoint, éclaire le troisième étage. Le faisceau de lumière se pose sur des sacs, de la fer-

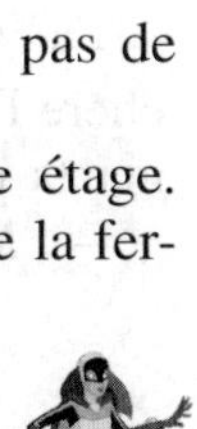

raille, des outils, un treuil qui sert à monter des seaux. Il n'y a personne.

« Bizarre, murmure Fantômette, ce sac n'est pourtant pas tombé tout seul... »

Elle s'approche du treuil, s'aperçoit qu'un câble d'acier s'y trouve en partie enroulé, l'extrémité libre descend dans le vide, sur la partie arrière de la construction. Œil de Lynx regarde le câble, hoche la tête.

« Il est descendu par là pendant que nous montions, n'est-ce pas ?

— J'en ai peur, oui. »

À cet instant, un ronflement de moteur se fait entendre. Les deux enquêteurs aperçoivent une petite décapotable qui démarre à toute allure et s'enfonce dans le noir. Pendant l'espace d'une seconde, la lueur des réverbères a permis d'apercevoir le chauffeur. Sa chevelure est longue, tombant sur ses épaules. Fantômette l'a reconnu immédiatement.

« C'est Rémi Croscop. Mille pompons ! Je pensais que Brigantini viendrait au rendez-vous, mais il a dû se méfier et a envoyé son complice à sa place. Ah ! mon cher Œil, je crois que j'ai sous-estimé mes adversaires. Ils sont plus forts que je ne le pensais. Et pardessus le marché, j'ai failli vous faire assassiner !

— Allons, allons ! Il ne faut pas dramatiser, ma chère Fantômette. Vous venez au contraire de me donner la matière d'un reportage de premier choix et...

— Minute, mon Œil ! Je vais vous demander au

contraire de ne rien dire sur cette affaire. D'abord, je ne veux pas que vous me fassiez passer pour une idiote. Ensuite, je veux poursuivre cette enquête, et je préfère travailler dans le silence. Tout ceci doit rester secret.

— Entendu. Mais vous me donnerez des tuyaux quand vous aurez capturé l'espion ? »

Fantômette sourit.

« Ah ? parce que vous pensez que j'arriverai à capturer Rémi Croscop ?

— Bien sûr ! C'est comme si c'était fait. »

Le journaliste et la détective reviennent, remontent dans la 2 CV dont le pare-brise est nu, les contractuels étant couchés à cette heure tardive.

Œil de Lynx se tourne vers la justicière :

« Et maintenant, où allons-nous ? Dans quel endroit se cache Rémi Croscop ?

— Oh ! ça m'est bien égal ! Qu'il se cache où il voudra... »

Fantômette bâille, et dit en s'étirant :

« Si vous n'avez rien de mieux à faire, conduisez-moi à Framboisy. La chose que je souhaite le plus au monde, c'est de me glisser dans mon lit ! »

Chapitre 7

Une course acharnée !

« Ah ! ça y est ! La n° 3 à toute vitesse ! Elle ne ralentit pas dans le tournant ! Tu as vu ce bolide, Boulotte ?

— Peuh ! Je suis sûre que la n° 3 va la rattraper dans la ligne droite. D'ailleurs, il y a un arrêt obligatoire au stand de ravitaillement, ce qui te fera perdre cinq minutes au moins.

— Oui, mais la mienne marche à la super-salade, et elle va au moins deux fois plus vite ! »

À quatre pattes sur le parquet, la grande Ficelle et la grosse Boulotte font une course passionnante. Non pas avec des automobiles, mais des tortues. Leurs carapaces sont peintes en bleu rayé de blanc, avec des numéros inscrits dans des cercles. La ligne de départ et les couloirs de circulation sont tracés à la craie. La ligne d'arrivée est un ruban rose tendu à un centimètre du sol. Un peu en dehors du circuit, les stands de ravitaillement, taillés dans des boîtes à chaussures, contiennent des feuilles de salade.

Pour l'instant, la tortue n° 2 de Ficelle distance nettement le bolide de Boulotte. Pour inciter sa championne à accélérer le mouvement, Boulotte lui présente devant le bec un petit bout de salade, ce qui provoque les hurlements de la grande Ficelle :

« Hé ! là ! Tu triches ! Tu n'as pas le droit de truquer la vitesse !

— Je ne triche pas ! D'ailleurs, c'est toi qui triches ! Ta tortue a coupé la ligne du tournant !

— Pas vrai ! Elle n'a même pas marché dessus ! Allez, la 2 ! Plus vite, ma petite, plus vite !

— Allez, la 3 ! Vas-y ! Rattrape-la, cette escargote ! »

La porte du living s'ouvre, et une jeune personne brune apparaît. Elle retire sa veste de velours noir, la pose sur le dos d'un fauteuil en plastique gonflable, et s'approche du circuit.

« Vous faites une course de lenteur ?

— Pas du tout, dit Ficelle, c'est une course de vitesse. Tu veux y participer, Françoise ? Il y a encore une tortue disponible, dans cette boîte à chaussures. C'est la n° 1. Mais je te préviens qu'elle dort tout le temps. Pas moyen de la faire avancer... »

Françoise secoue la tête.

« Non, je ne vais pas entrer dans votre course, je n'ai pas le temps.

— Pourquoi ? Tu as quelque chose à faire ?

— Il y a une compo de géo la semaine prochaine, ma grande Ficelle. Tu ne t'en souviens pas ?

— Bah ! Je réviserai un petit peu la veille, comme d'habitude.

— Oui, et tu seras la dernière, comme d'habitude également. »

Ficelle ne réplique pas, elle doit se précipiter pour redresser sa tortue qui s'est égarée hors de la piste. Françoise s'assied dans le fauteuil, ouvre un livre de géographie et se plonge dans l'étude des glaciers.

La tortue de Boulotte a profité des errements de sa rivale pour rattraper son retard. Elle fonce maintenant vers la ligne d'arrivée à la vitesse fantastique de 1 cm par seconde, c'est-à-dire 0,036 km/h. Pour encourager sa n° 2, Ficelle lui hurle dans les oreilles de se dépêcher. Mais la tortue n'a peut-être pas d'oreilles, ou elle est sourde comme trente-six pots, car elle continue de maintenir un petit trot tranquille, alors que la n° 3 est lancée au grand galop. C'est cet instant passionnant que choisit le téléphone pour sonner. La grande Ficelle abandonne son rallye pour bondir vers l'appareil.

« Allô ?... Quoi ?... Hein ?... Ah ! par exemple !... »

Les yeux de la grande fille s'arrondissent sous l'effet de la surprise. Elle répond à son interlocuteur :

« Monsieur, vous vous trompez de numéro. Fantômette, ce n'est pas ici... »

Françoise se lève alors brusquement, court vers Ficelle.

« Passe-moi ça !

— Mais... Ce n'est pas toi, Fantômette ! »

Françoise saisit d'autorité le téléphone, appelle :

« Allô ? Je vous écoute ! »

Ficelle croise les bras, indignée, et grogne :

« Ah ! là ! là ! Voilà qu'elle veut se faire passer pour Fantômette, maintenant ! Vous parlez d'un toupet de dix kilos au moins ! Ah ! il y a des gens qui ne se prennent pas pour une... »

« Bon, c'est entendu. J'arrive tout de suite ! »

Françoise raccroche. Ficelle prend un air d'une souveraine hauteur pour déclarer :

« Voici donc que Mlle Françoise va se rendre à un rendez-vous fixé par un certain Œil de Larynx, si j'ai bien compris ?

— Oui, c'est à peu près ça.

— Et Mlle Françoise va sans doute s'engouffrer dans un costume de Fantômette pour aller voir ce monsieur Œil de Pharynx ?

— Oui, probablement. »

Ficelle tourne un dos hautement dédaigneux et hausse des épaules intensément méprisantes en affirmant :

« Il vaut mieux voir ça que d'être sourd ! Ce n'est pas moi qui aurais la présupposition de me faire pas-

ser pour une autre ! Je préfère revenir à mes moutons. »

Et elle se remet à quatre pattes devant sa tortue qui s'est mis en tête de faire demi-tour devant la ligne d'arrivée.

Françoise prend sa veste, sort en criant : « Au revoir, les championnes ! » Sans daigner se retourner, la grande Ficelle lance, d'un ton moqueur :

« Salut, Fantômette ! Tâche de ne pas égarer ton bonnet à pompon, les bandits ne te reconnaîtraient plus ! »

*
* *

Fantômette descend du taxi, entre dans le hall du journal *France-Flash* où l'attend Œil de Lynx.

« Eh bien, Œil, qu'y a-t-il donc ? Auriez-vous retrouvé la trace de Rémi Croscop ?

— Non, ma chère. Mais il s'agit d'une affaire qui ressemble d'assez près à notre histoire de couture. Vous allez voir. Venez par ici... »

Le journaliste et la justicière entrent dans une petite pièce qui sert de parloir. Les murs sont couverts de photos d'actualité, c'est-à-dire d'images de catastrophes : incendies, accidents, inondations ou ruines fumantes. Sur une chaise est assise une dame blonde, très élégante, qui pousse un soupir de soulagement en voyant entrer Fantômette. Le journaliste fait les présentations.

« Voici Mme Gisèle de Perdrix, qui dirige une manufacture de porcelaine.

— Nous faisons aussi des émaux splendides, cher monsieur, ainsi que de la verrerie d'art. Des objets ravissants. »

Le journaliste se tourne vers Fantômette et explique :

« Mme de Perdrix vient récemment de créer une série de plats émaillés qui étaient destinés à la vaisselle de S.M. le roi de Catalepsie.

— Une création extraordinaire ! s'écrie Mme de Perdrix, une série de petites merveilles décorées avec un goût exquis, qui avaient demandé un travail fou !...

— Or un ensemble de plats similaires vient d'être mis en vitrine chez Sosthène Discrépant, l'orfèvre du faubourg Saint-Honoré...

— Oui, exactement les mêmes ! Vous rendez-vous compte, mademoiselle Fantômette ! Des copies ! des copies exactes ! C'est effarant ! C'est épouvantable ! Je veux absolument que vous arrêtiez ce brigand de Sosthène et que vous me l'ameniez pour que je le fasse cuire dans mon four à émaux ! »

Fantômette se dit que Mme de Perdrix emploie à peu près les mêmes termes que le couturier Pimpan, lorsqu'il maudissait son concurrent.

« À votre avis, madame, demande-t-elle, comment les choses se sont-elle passées ? Aviez-vous fait voir vos plats à des visiteurs, par exemple ?

— Pas du tout ! Je travaille toujours dans le secret

le plus absolu. Pour imaginer mes œuvres d'art, j'ai besoin de calme et de solitude. Je m'enferme toujours pour dessiner les assiettes, les cendriers ou les théières.

— Soit, mais ces dessins, vous les remettez ensuite à quelqu'un ?

— Oui. À mes deux frères, Pierre et Paul, qui se chargent de les reproduire sur la céramique ou la porcelaine, et qui, ensuite, font la cuisson. Je suis l'artiste de la famille, voyez-vous, et mes frères sont les exécutants. Ils sont habiles de leurs mains, mais n'ont aucune imagination. C'est pourquoi je suis la seule créatrice de ces petites choses délicieuses.

— Vous ne soupçonnez donc pas vos frères d'avoir montré les plats et...

— Ciel ! j'ai en eux la plus entière confiance. Je puis vous assurer qu'aucun de nous trois n'a commis d'indiscrétion. »

Fantômette se met à tourner en rond dans la petite pièce, entortillant une de ses mèches noires autour de son index. Œil de Lynx mâchonne le tuyau de sa pipe. Mme de Perdrix sort de son sac un poudrier, y mire son visage, puis questionne :

« Alors, mademoiselle Fantômette, expliquez-moi comment on a pu copier mes plats. Avez-vous une idée ?

— Il faudrait tout d'abord que je visite votre atelier.

— C'est bien facile. Nous n'en sommes qu'à deux pas. »

L'artiste, le journaliste et la justicière sortent de l'immeuble du journal. Œil de Lynx propose qu'on prenne sa voiture, mais Mme de Perdrix fait la grimace en apercevant le tas de ferraille dont le pare-brise vient de recevoir un rectangle beige obligeamment posé par le contractuel du coin. Elle monte dans une longue voiture blanche capitonnée de cuir dont le pare-brise est parfaitement dégagé de tout papier, car le contractuel a été impressionné par cette machine de grand luxe. Gisèle de Perdrix s'empare du volant et lance sa voiture dans le flot de la circulation, tout en donnant son point de vue sur le *copiage* dont elle a été victime :

« Je ne sais pas exactement comment ce traître de Sosthène Discrépant s'y est pris mais je suppose qu'il a envoyé quelqu'un dans mon atelier pendant la nuit. C'est la seule solution. Mais cela pose un autre problème : comment a-t-il fait pour entrer ? Nous fermons tous les soirs la porte à clé. C'est une serrure de sûreté absolument incrochetable. Je mets la clé dans mon sac que je pose sur un petit secrétaire, dans ma chambre. Et personne ne pourrait entrer sans que je me réveille. Vous voyez, ma chère Fantômette, que l'énigme est profonde ! »

La voiture longe la rue du Faubourg-Saint-Honoré, tourne à gauche pour passer sous un portail. Elle s'arrête dans une cour. Sous la conduite de Mme de

Perdrix, Fantômette et Œil de Lynx entrent dans les établissements *Émaux et Camées,* qui se composent d'un vestibule, d'un bureau et d'un atelier. L'atelier est une pièce rectangulaire dont l'ameublement comporte des grandes tables chargées d'assiettes en porcelaine brute, de tasses, de pots ou de vases. Il y a là aussi tout ce qu'il faut pour les décorer, pinceaux, pots de vernis et de peinture. Au fond de l'atelier, une gigantesque armoire grise, munie de cadrans et de boutons, attire l'attention de Fantômette. La porcelainière explique :

« Voici notre four électrique. Nous y plaçons les pièces qui ont été d'abord émaillées à froid. C'est-à-dire que l'on enduit les plats, les vases ou les assiettes d'une pâte à base de silice et de colorants. Lorsque cette pâte est chauffée, elle devient solide et forme les décorations inaltérables qui sont si agréables à regarder... Tenez, je vais vous faire voir ce qu'il y a dedans. »

L'artiste ouvre la grande porte du four, qui ressemble d'assez près à un réfrigérateur. Avec cette différence que cet engin produit de la chaleur et non du froid. Régulièrement rangées sur des étagères, des lignes de vases, des piles de pots attendent sagement de passer à la cuisson. Mme de Perdrix referme la porte.

« Voilà. Vous avez tout vu... Pouvez-vous m'expliquer maintenant comment on a pu copier mes plats ? »

Fantômette, d'un coup d'œil circulaire, observe la

disposition de l'atelier. Il est entièrement fermé sur les quatre côtés. Le seul éclairage est fourni par des plafonniers à tubes fluorescents. *Il n'y a pas de fenêtre.* Elle regarde Œil de Lynx qui se mord les lèvres en hochant la tête. Il doit avoir fait la même constatation qu'elle, car il murmure :

« Pas moyen de prendre des photos de l'extérieur... »

La justicière approuve.

« Oui. Ce cas est plus compliqué que celui du couturier. Il était possible d'observer les ateliers de Pimpan à travers ses fenêtres, mais ici, non. »

Mme de Perdrix insiste :

« Alors, mademoiselle Fantômette, votre opinion ? »

Fantômette est obligée d'avouer son ignorance :

« Je regrette, mais pour l'instant je ne peux rien vous dire. J'ignore comment Sosthène Discrépant s'y est pris pour copier vos plats. »

Mme de Perdrix paraît déçue.

« Ah ? j'avais espéré... je pensais...

— Ne vous inquiétez pas, madame. De toute façon, je réussirai à percer le mystère. Seulement, il me faudra un certain temps. Plusieurs jours. Plusieurs semaines peut-être. Mais je vous affirme que je trouverai. Je ne laisse jamais une affaire en plan et je vais jusqu'au bout. Au revoir, madame ! À bientôt. »

Fantômette ôte son bonnet pour saluer et sort, sui-

vie par Œil de Lynx qui fait une courbette à l'adresse de la porcelainière.

Revenant dans la rue du Faubourg-Saint-Honoré, Fantômette et Œil de Lynx arrêtent un taxi dans lequel ils prennent place. Le journaliste se gratte le menton et demande, d'un ton hésitant :

« Heu... dites-moi... Vous pensez réellement parvenir à résoudre ce problème, ma chère ? Ça me paraît bien nébuleux !

— Oui, en effet. Et je vous avoue, mon cher Œil, que je ne sais pas par quel bout m'y prendre. L'affaire du couturier paraissait facile, en comparaison. Ici, c'est le noir le plus complet...

— Alors, comment pouvez-vous espérer réussir ?

— Comment ? Oh ! pour une bonne raison.

— Ah ? laquelle ?

— *Je m'appelle Fantômette.* »

Chapitre 8

L'honorable cuisine

« Tu ne sais pas la nouvelle ? Annie Barbemolle s'est cassé une jambe. On lui a mis le bras dans le plâtre et elle doit rester au lit sans bouger pendant trois semaines au moins ! Figure-toi qu'elle était montée sur un pommier pour cueillir des pêches, et qu'elle a glissé sur une branche morte. C'est épouvantable, non ? »

La grande Ficelle continue de raconter les malheurs d'Annie pendant un bon quart d'heure, puis elle lâche Françoise pour reprendre l'activité à laquelle elle se livrait au moment où Françoise est arrivée. Une activité hautement scientifique, demandant des connaissances profondes en matière de sciences naturelles. En effet, après l'élevage des tortues de course, Ficelle a

entrepris de faire vivre sous son toit une sélection de vers de terre. Pendant le week-end, Ficelle a hanté les bords de l'Ondine, armée d'un filet à papillons, pour ramasser quelques-uns des ces gracieux animaux. En grattant la boue et la terre glaise des berges, elle a pu récolter une demi-douzaine de lombrics qu'elle a triomphalement rapportés à la maison. Elle leur a préparé une habitation spéciale, faite d'un pot de fleurs rempli de fine terre tamisée, et a ajouté à ce logis un couvercle rempli d'eau, pour le cas où ses pensionnaires auraient soif.

Ficelle s'approche donc du pot, gratte légèrement la terre pour l'aérer, change l'eau et fait tomber sur la terre une pincée de sable, pour le cas où ses vers aimeraient cette nourriture saine et légère.

Pendant que Ficelle se livre à cette passionnante occupation, Boulotte a investi la cuisine. D'une main, elle tient un livre de recettes chinoises. De l'autre, elle tourne une cuiller dans une marmite d'où monte une odeur de poisson caractéristique. Il s'agit d'un potage pékinois dans lequel mijotent des feuilles gélatineuses d'un jaune pâle : des ailerons de requin.

« J'aurais pu faire aussi du potage aux pousses de bambou... Ça n'a pas l'air mal du tout... Après, il faudra que je prépare des langoustines au curry... Et du poulet à l'ananas... et des crevettes à la sauce d'huître... Et puis du germe de soja sauté... Ça doit être délicieux, ça ! Et je terminerai par des bananes flambées à l'alcool de riz... miam ! »

Si Ficelle et Boulotte sont enchantées de leurs activités, Françoise, en revanche, semble fort ennuyée. Enfoncée au creux du fauteuil en plastique gonflable, elle fronce les sourcils et tripote nerveusement ses boucles noires. Ficelle la considère un moment, puis constate :

« Eh bien, ma vieille, tu as l'air aussi heureuse qu'une sardine dans une poêle à frire ! Qu'est-ce qui t'arrive ? Un chien t'a pris ton os ? Tu as un rhume de pieds ?

— Non.

— Alors, notre institutrice t'a donné à copier cent fois le verbe “ne pas apporter en classe des chenilles dans une bouteille en plastique”.

— C'est plutôt toi qui copierais ce genre de verbes, ma grande Ficelle !

— Alors, pourquoi as-tu l'air ennuyée ?

— Je ne suis pas ennuyée, je suis simplement préoccupée. Je cherche à résoudre un problème.

— Ah ! et tu n'y arrives pas ? Eh bien, c'est comme moi. Je n'arrive jamais à faire mes problèmes. Tiens, celui-là, par exemple... »

Ficelle se baisse, prend sous le canapé un cahier, l'ouvre et dit :

« Voulant tracer le graphe d'une relation d'ordre strict, on a commencé le tracé ci-contre. Après avoir ajouté toutes les flèches dues à la transitivité, dire si le tracé peut conduire au graphe d'une relation d'ordre. »

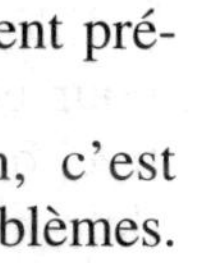

Françoise prend le cahier, y jette un coup d'œil, et répond :

« Non, car elle n'est pas antisymétrique, cette figure. C'était vraiment bien simple à trouver, ma grande.

— Tu trouves ?

— Bien sûr. Mais quand on parle des graphes, des arbres de vérité ou des patates, tu t'amuses à élever des coccinelles dans des boîtes d'allumettes. Après, tu n'y comprends plus rien. »

Mais Ficelle se garde bien d'écouter les sermons de la brunette. Elle prend son transistor, le dispose à côté du pot et envoie de la musique italienne, volume à fond.

Elle crie :

« J'adore la musica ! C'est relaxatif. Mes animaux souterrains vont être ravis d'entendre ça ! »

Elle est sur le point de s'asseoir sur la moquette pour écouter plus commodément sa musique relaxative, quand son regard se porte par hasard sur la pendule murale.

« Oh ! midi moins le quart ! Je vais rater mon feuilleton. »

Elle éteint le transistor, met en marche le téléviseur. Pendant un quart d'heure, elle va se délecter en admirant les grands coups d'épée que s'administrent les héros du feuilleton *Bayard contre Du Guesclin.* Après cette émission apparaît une dame, qui affirme être enchantée par sa nouvelle Cadorette, la machine à laver les chiens. Puis c'est l'heure des informations.

Ficelle disparaît dans la cuisine pour aller inspecter les chinoiseries de Boulotte, pendant que Françoise reste devant la télévision et apprend ainsi que la production nationale de confetti carrés occupe la première place dans le Marché commun. Le journaliste annonce ensuite sur l'écran :

« Encore des accidents de la route. Un camion frigorifique chargé de glace est entré en collision avec une camionnette transportant des cageots de fraises. Le contenu des deux véhicules s'est mélangé pour former une immense glace à la fraise. »

La tête de Boulotte apparaît :

« Hein ? Quoi ? Qui parle de glace à la fraise ? »

Comme sa sauce au soja déborde brusquement de la casserole, la cuisinière disparaît de nouveau. La télé continue d'énumérer des catastrophes :

« Près de Chancoral, une voiture de sport a quitté la route et s'est écrasée contre un arbre. Le conducteur, M. Rémi Croscop, a été admis à l'hôpital de Chancoral... »

En entendant le nom de l'automobiliste, Françoise se dresse brusquement.

« Ah ! ça, c'est un joli coup du hasard ! l'espion-photographe ! Je vais pouvoir remettre la main dessus ! »

Elle décroche le téléphone, forme le numéro de *France-Flash.*

« Allô ? La rédaction ?... Pouvez-vous me passer Œil de Lynx, s'il vous plaît ?... Il n'est pas là ? Tant pis !... Merci ! »

Elle raccroche.

« Bon. Je vais me débrouiller sans lui. Après tout, je roule dix fois plus vite avec mon cyclomoteur qu'avec sa cafetière dévissée. »

« Tu sors ? demande Boulotte qui apparaît, grignotant un beignet aux crevettes.

— Oui, honorable cuisinière.

— Tu ne veux pas goûter un de mes modestes beignets ?

— Plus tard ! »

Ficelle sort à son tour de la cuisine, un beignet à la main.

« Tu devrais goûter les beignets modestes, Françoise. Ils sont détestables. »

Françoise passe la porte en criant :

« Ma stupide personne est indigne des honorables préparations de la précieuse Boulotte ! »

Et elle file à la chinoise.

Chapitre 9

L'étrange accidenté

Penchée sur le guidon de son cyclomoteur japonais, Fantômette fonce vers Chancoral. Elle a revêtu son costume habituel, mais remplacé le masque noir par de grandes lunettes de soleil.

Il est près de midi. Le ciel est gris, uniformément rempli de nuages qui effacent toutes les ombres. Les villages défilent régulièrement, avec une monotonie qui s'accorde aux conditions atmosphériques.

« Ni chaud, ni froid, ni soleil, ni pluie, ni vent. Conditions idéales pour rouler en toute sécurité. Je me demande bien pourquoi Rémi Croscop est allé se jeter dans un arbre. Il devait rouler rudement vite ! »

Un peu avant Chancoral, Fantômette doit ralentir. Des gendarmes arrêtent de temps en temps le flot des voitures pour donner la priorité à des camions qui

franchissent le vaste portail d'une usine. Au-dessus du portail, un nom en lettres d'aluminium, énormes :

MATELAS

Il s'agit d'une entreprise qui construit du matériel électronique, des voitures de course et des fusées. Fantômette dépasse l'usine, arrive peu après à Chancoral, se renseigne. On lui indique l'hôpital où elle se rend aussitôt. À l'entrée, elle demande à voir l'accidenté.

« Vous êtes de sa famille ? dit l'infirmière.

— Non, mais je le connais bien. C'est un jeune homme avec des cheveux longs, des lunettes et une petite cicatrice sur la joue. »

L'infirmière, qui semble aimer bavarder, secoue la tête en levant les yeux au plafond.

« Oh ! là ! là ! Ma petite demoiselle, après cet accident, ce ne sont pas des petites cicatrices qu'il va avoir !...

— Vraiment ? C'est si grave que cela ?

— Je ne sais pas si c'est grave, mais il est plein de pansements.

— Puis-je le voir ?

— Attendez, je regarde mon registre... Il est dans la salle n° 3, lit n° 7. C'est au fond, à gauche.

— Merci beaucoup. »

Fantômette trouve facilement la salle n° 3 et le lit n° 7. C'est bien Rémi Croscop qui se trouve là, entre deux autres accidentés qui ressemblent à des momies, Fantômette s'approche du lit, fait un petit salut.

« Bonjour, Rémi ! Votre voiture de sport n'a pas voulu rester sur la chaussée ? »

En apercevant Fantômette, l'étudiant-photographe-espion a tressailli. Il se redresse à demi, répond à la justicière d'un ton narquois :

« Ce n'est pas la voiture qui est sortie de la route, c'est la route qui s'est échappée.

— À la bonne heure. Je vois que vous n'êtes pas trop malade. Mais, dites-moi donc, pourquoi vous alliez si vite ? Sur ce tronçon de route, la vitesse est limitée à 110.

— Il faut croire que j'étais pressé.

— Sûrement. Et pourquoi ? »

L'espion se laisse aller en arrière sur son oreiller, sans daigner répondre. Fantômette n'insiste pas.

« Bon. Restez muet si vous voulez. Mais je finirai par connaître toute la vérité. »

Rémi Croscop lève un sourcil.

« Quelle vérité ?

— Je cherche la solution d'un problème que vous m'avez posé, en copiant le dessin des plats émaillés.

— Ah ! c'est donc cela qui vous préoccupe ?

— Oui. Lorsque vous avez espionné le couturier, il était facile de deviner que vous aviez utilisé une lunette. Mais dans le cas des porcelaines, c'est autre chose... »

L'espion émet un petit ricanement.

« Oui, ma chère, le problème est trop coriace pour votre petite tête. Vous feriez mieux d'abandonner.

— Sûrement pas. Je suis bien trop lancée sur cette affaire pour m'arrêter. Alors, dites-moi plutôt pourquoi vous rouliez si vite. Voyons... Vous veniez d'ici, Chancoral, et vous vous dirigiez vers l'embranchement de l'autoroute du Sud... Pour aller où ? à Lyon ? à Marseille ?

— Cherchez, ma petite, cherchez. Quand vous aurez trouvé, vous me le direz. En attendant, je vais faire une petite sieste. »

Et l'accidenté ferme les yeux sans plus s'occuper de Fantômette.

Celle-ci se lève, résignée à partir, quand un jeune homme blond fait irruption dans la salle, et se dirige aussitôt vers l'aventurière.

« Salut, Fantômette !

— Bonjour, Œil de Lynx. J'ai essayé de vous joindre à votre canard, mais on m'a dit que vous étiez parti.

— Oui. Je viens d'aller voir l'endroit où a eu lieu l'accident de voiture. Et vous ? Du nouveau ? »

Fantômette fait la moue.

« Notre client n'est pas très bavard. Il reconnaît que c'est lui qui a copié les émaux de Mme de Perdrix, mais il se garde bien de dire comment.

— Oui, il ne veut pas révéler son truc. Un truc qui lui a permis de faire un autre joli coup. Tenez, regardez... »

Le journaliste vient de sortir de sa poche un petit cylindre. Fantômette demande :

« Qu'est-ce que c'est ? Un rouleau de pellicule ?

— Oui. Je l'ai trouvé dans l'herbe, à quelques mètres de l'arbre qui a arrêté la voiture de notre ami Croscop. Ce film devait être dans sa poche, et sous l'effet du choc il a voltigé sur le talus. »

Fantômette saisit le film, en déroule un mètre et l'examine par transparence, à travers une fenêtre.

« C'est un négatif... Vous l'avez regardé, mon cher Œil ?

— Oui. Des clichés très intéressants. Vous voyez ce que ça représente ?

— On dirait une sorte de torpille... ou un petit avion...

— C'est un missile. Une fusée de combat. »

Fantômette réfléchit un instant, puis murmure :

« Une fusée... nous ne sommes pas loin de chez Matelas, où l'on en fabrique. »

Œil de Lynx approuve.

« En effet. Ces photos sont sûrement celles de leurs ateliers. Rémi Croscop a dû trouver le moyen d'y entrer.

— Pourtant, ce ne doit pas être facile. Les contrôles sont sûrement encore plus sévères que chez le couturier. »

Œil de Lynx se tourne vers le blessé qui reste immobile, les yeux fermés.

« Alors, cher Rémi, vous ne voulez pas nous dire

comment vous avez fait pour photographier ce missile ? »

L'espion ne bouge toujours pas. Dort-il ou fait-il semblant ?

Fantômette enroule le film et dit au journaliste :

« Je voudrais tirer ces photos. En faire des agrandissements. Cela peut nous être utile. Vous pouvez me le confier ?

— Entendu. Mais il faudra m'en donner quelques-unes pour mon journal. Je crois qu'il y a là un reportage sensationnel. Espionnage chez Matelas ! Ça va faire un boum fantastique !

— Bon. Dès que j'aurai fait ces agrandissements, je vous passerai un coup de fil. Que faites-vous maintenant ?

— Je retourne à mon journal pour préparer mon article. Et vous ?

— Je crois que je vais fureter un peu autour de l'usine Matelas. À ce soir ?

— D'accord ! Je file. »

Œil de Lynx sort au pas de charge. Fantômette s'attarde un instant devant un miroir, pour vérifier le bon arrangement de sa coiffure. À ce moment, elle perçoit un faible gémissement. Elle se retourne. Rémi Croscop lui fait un signe de la main. Il semble très affaibli. La jeune justicière revient vers le lit.

« Eh bien, Rémi ? Vous voulez me parler ? »

Le blessé fait oui de la tête. Il fait signe à Fantômette de s'approcher tout près de lui, en même temps qu'il murmure :

« Je... je voudrais... vous... dire... »

Sa voix est presque imperceptible. Fantômette penche son oreille vers la bouche de l'accidenté pour recueillir le son de ses paroles.

Alors, elle sent une vive piqûre dans le cou, tandis que le bras gauche de Rémi Croscop lui enserre la poitrine. Elle se débat, essaie de se dégager, s'agite, tente de soulever ses bras pour défaire cette étreinte. Mais sans y parvenir. Elle éprouve la sensation curieuse que ses membres sont en coton. Un bourdonnement naît dans son crâne, et les objets qui l'entourent deviennent indistincts, gommés par une sorte de brouillard. Tout s'efface peu à peu et devient noir, noir comme l'ouverture d'un gouffre...

Chapitre 10

Gronez

« Vous pensez qu'elle en a encore pour longtemps ?

— Je crois qu'elle ne devrait pas tarder à se réveiller, maintenant. Voilà près de quatre heures qu'elle dort. »

Les deux infirmières se penchent vers Fantômette qui ouvre un œil, puis l'autre, ouvre la bouche et demande :

« Que se passe-t-il ? Peut-on me dire ce que je fais ici ? »

Une infirmière répond :

« Vous êtes dans l'hôpital de Chancoral.

— Ah ! oui, je me souviens... Rémi Croscop... la piqûre... Il m'a injecté un produit soporifique, n'est-ce pas ?

— En effet. Il a pris la seringue qui servait à calmer les douleurs de son voisin de lit.

— Et où est-il maintenant ?

— Il s'est sauvé de l'hôpital.

— Malgré ses blessures ?

— Il n'était pas blessé aux jambes. »

Fantômette se dresse à demi sur son lit. Elle sent encore un bourdonnement dans la tête, mais ce n'est pas trop gênant. Elle se lève, pose une question :

« Dites-moi, n'auriez-vous pas trouvé un rouleau de pellicule ?

— Pour faire des photos ?

— Oui, un film. Je le tenais à la main lorsque Rémi Croscop m'a fait cette piqûre.

— Non, nous n'avons rien trouvé.

— Évidemment, il l'a emporté. Ah ! j'ai affaire à un débrouillard ! Il n'est pas endormi, lui... »

C'est alors qu'un médecin entre dans la salle. Il constate que Fantômette est réveillée, lui prend le pouls, s'assure qu'il fonctionne normalement, puis dit :

« Mademoiselle, je vais vous demander de me suivre dans mon bureau. Comme vous avez été victime d'une agression, j'ai été obligé de prévenir la police et l'on va vérifier votre identité.

— Je vous suis, docteur. »

Le médecin ouvre la porte de son bureau et se retire pour aller tapoter des dos ou appuyer sur des ventres. Dans la pièce se tient un homme vêtu d'une gabar-

dine mastic. Il a des petits yeux ronds, noirs et perçants, qui surmontent une sorte de grosse pomme de terre rose. Fantômette est en train de se demander si elle a déjà vu un nez de cette dimension, lorsque l'homme touche le rebord de son chapeau et se présente :

« Commissaire Gronez. Mademoiselle, asseyez-vous. Je vais vous poser quelques questions. »

Il sort de sa poche un carnet à couverture fatiguée, un bout de crayon mordillé et débite :

« Nom, prénom, date de naissance, adresse, numéro de sécurité sociale ?

— Mon nom ne vous dirait rien, commissaire. Mon âge, ça ne vous regarde pas. Mon adresse, je n'en parle jamais. Et pourtant je n'en manque pas, d'adresse. Quant à mon numéro de sécurité sociale, il est tellement compliqué que je n'ai jamais pu l'apprendre par cœur. »

Le commissaire relève la tête, fronce des sourcils qu'il a fort épais. Il grogne :

« Je vois qu'on aime la plaisanterie, hein ? Tu joues au petit soldat ? Si tu veux faire un concours de bêtise avec moi, je te préviens tout de suite que tu ne gagneras pas ! Alors, que fais-tu dans cet hôpital ?

— J'étais venue voir un accidenté.

— Le dénommé Rémi Croscop ?

— C'est ça.

— D'après ce que m'a dit le médecin-chef, il t'a fait une piqûre de somnifère, puis il a quitté l'hôpital irrégulièrement, sans signer les papiers réglementaires. N'est-ce pas ?

— Bah ! je n'en sais rien.

— Comment, tu n'en sais rien ?

— Évidemment. *Je dormais.* »

Le commissaire commence à sentir la moutarde monter dans son vaste nez. Toutefois, il se contient pour poser une autre question :

« Pourquoi étais-tu venue voir cet homme ?

— Parce que c'est un espion. Il photographie des missiles balistiques et revend les photos aux Américains, aux Russes et aux Chinois. »

Le nez du commissaire passe du rose au rouge vif, tandis que son propriétaire donne un grand coup de poing à une innocente table chargée de flacons et de pilules. Il éclate :

« As-tu fini de te moquer de moi ? Je n'aime pas beaucoup ça, hein ? Ça pourrait te coûter cher ! »

Fantômette hausse les épaules.

« Je dis la vérité. Évidemment, je ne vous garantis pas que ce soit l'Amérique plutôt que la Russie ou la Chine qui s'intéresse aux clichés. Après tout, ce sont peut-être bien les Allemands ou les Japonais... »

Le commissaire grince :

« Ouais. Je vois ce que c'est. On regarde trop de feuilletons à la télé. Dis-moi plutôt pourquoi Rémi Croscop t'a fait cette injection ?

— Pour m'endormir.

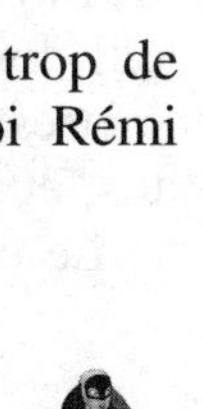

— Ça, je le sais. Mais pourquoi voulait-il t'endormir ?

— Pour me prendre le négatif.

— Quel négatif ?

— Celui des photos d'espionnage. »

Cette fois-ci, le commissaire se lève, défait sa cravate, s'arrête un instant devant la fenêtre ouverte pour respirer une bouffée d'air, puis il se rassoit en s'efforçant de rester calme. Mais un tremblement des mains trahit son énervement. Il dit d'un ton sec :

« On va reprendre tout à zéro. Ton nom ?

— Décidément, vous y tenez ! Je m'appelle Fantômette. »

Gronez sursaute.

« Fantômette ! Ah ! je comprends pourquoi tu faisais de l'esprit. Fantômette... Oui, j'ai entendu parler de toi. Une fille assez prétentieuse, à ce qu'on dit. Qui se croit plus forte que nous. Eh bien, je vais te rabattre ton caquet, ma petite. D'abord, je veux éclaircir cette affaire de photos d'espionnage. C'est de la blague, oui ou non ?

— De la blague ? pas du tout. Croyez-vous que je perdrais mon temps à inventer une pareille histoire ? Rémi Croscop pratique l'espionnage industriel. Son travail le plus récent a été de photographier une fusée qui doit se trouver dans l'usine Matelas, à cinq kilomètres d'ici. J'ai eu en main le négatif de ces photos, et il m'a endormie pour pouvoir le reprendre. »

Le commissaire Gronez se met à réfléchir : « Et si

cette jeune personne disait vrai ? Rémi Croscop ne l'aurait pas fait dormir sans un motif sérieux. Après tout, des histoires d'espionnage, on en entend tous les jours ! Peut-être dit-elle la vérité. Il faudrait pouvoir l'interroger plus longuement, lui faire dire tout ce qu'elle sait. Le mieux est de l'emmener dans les locaux de la police. »

Le commissaire se lève.

« Bon, je te crois. Mais il y a pas mal de points à éclaircir, et ici nous ne sommes pas à l'aise pour bavarder. On va aller à mon bureau. Suis-moi ! »

Gronez remet le carnet dans sa poche, enfonce son chapeau d'un coup de poing et sort. Il explique :

« Ce qu'il faudra me dire, c'est comment tu as obtenu ce négatif, et comment tu as appris qu'il s'agit d'une fusée. Je veux aussi savoir qui est ce Rémi Croscop. Tu le connais depuis longtemps ? »

Il se retourne pour écouter la réponse, et s'aperçoit qu'il parle tout seul. Le couloir est vide.

« Menottes et pistolets ! »

En courant, il revient dans le bureau. Il n'y a personne. La fenêtre étant restée ouverte, la jeune justicière en a profité. Le commissaire se penche vers l'extérieur, aperçoit une silhouette qui bondit sur un cyclomoteur et démarre.

« Ah ! la coquine ! Me faire ça à moi, Gronez, l'as de la police, la crème des limiers, la fine fleur des enquêteurs ! En voilà, un toupet ! Mais ça se paiera, ma petite ! Je te retrouverai ! J'ai du flair, moi ! J'ai

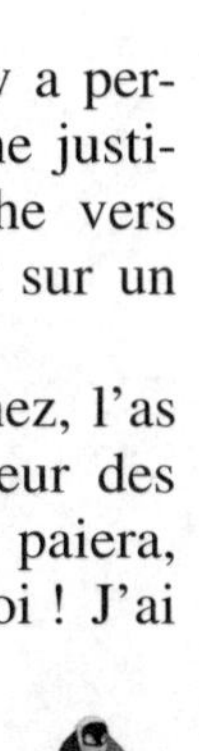

du nez ! On me l'a dit assez souvent. Je n'ai même que ça, du nez ! »

Il sort de nouveau son carnet pour noter :

« Ne pas oublier d'arrêter Fantômette. »

Car on peut avoir du nez, mais pas forcément de mémoire.

Chapitre 11

Championne de natation

À plat ventre sur la pelouse qui borde la piscine en plein air, Françoise lit *La Science pour chacun,* le magazine qui explique à tous le fonctionnement de la bombe 2, ou de l'ouvre-boîtes à musique. Dans le petit bain, Ficelle montre à Boulotte comment on doit s'y prendre pour faire les mouvements de la brasse papillon crawlée, une nage de son invention.

« Tu vois, Boulotte, on allonge d'abord les bras vers l'avant. C'est le mouvement n° 1. Puis on ramène le bras gauche sur le côté et on fait un battement avec le pied droit : n° 2. En 3, on avance le bras droit et on replie la jambe gauche... non, la droite ! »

Les trois amies ont profité d'un jour où par hasard le soleil brillait, pour faire un tour à la piscine de Framboisy. Ficelle attendait ce jour impatiemment,

pour pouvoir essayer sa nage dans l'eau. Jusqu'à présent, elle n'a pu faire que des mouvements à sec, en se mettant sur le tabouret de la cuisine. Boulotte écoute les explications en faisant des bulles vertes avec un chewing-gum gonflable. Elle suggère :

« Bon. Maintenant, va-t'en jusqu'au grand bassin en nageant.

— Impossible ! affirme Ficelle, je ne peux pas avancer dans les grandes profondeurs.

— Oui, parce que tu ne sais pas nager.

— Pas nager, moi ? Ah ! là ! là ! Si je voulais, je pourrais faire trois longueurs de piscine !

— Eh bien, qu'est-ce que tu attends ?

— Je ne veux pas, voilà tout. Il faut que je ménage mes forces pour la compo de gym.

— C'est dans un mois !

— Je sais. Mais justement il faut que je me prépare à l'avance. »

Et pour bien montrer son intention d'économiser ses forces musculaires, Ficelle sort du bassin, s'en va se coucher à côté de Françoise. Elle lui demande :

« Qu'es-tu en train de lire ?

— *La Science pour chacun.*

— Peuh ! Et ça t'intéresse ?

— Oui, bien sûr.

— Ah ! ce n'est pas moi qui lirais des trucs comme ça ! Moi, je ne lis que *Hit Disc.* Ça t'apprend des tas de choses très utiles sur les chanteurs... Tiens, sais-tu que les Crazy Fools se servent de dentifrice au goudron ? Et que Baby Boy met une perruque à cheveux allongeables ? Au début de son show, ils lui viennent au ras de la nuque, et quand il termine, ses cheveux lui tombent sur les talons. C'est folklo, non ? »

Mais Françoise n'écoute pas le babillage de la grande fille. Elle est fort occupée à lire un article qui décrit le fonctionnement d'un émetteur de rayons cosmiques, une invention toute récente. Du coup, Ficelle revient vers le bassin et interpelle Boulotte.

« Dis donc, j'ai une de ces faims !

— Tiens ! pour une fois, c'est toi qui as envie de manger ?

— Oui, ma petite baleine. Tu as apporté les pommes chips ? Elles sont dans ton sac de plage ?

— Elles y sont, mais je ne veux pas que tu y touches.

— Pourquoi ?

— Parce que c'est pour moi. À chaque séance de piscine, je perds 253 grammes en moyenne. Il faut que je les rattrape !

— Bah ! Je vais juste en grignoter une ou deux... »

Et la grande Ficelle se met à fouiller dans le sac, sous le regard inquiet de Boulotte.

Elle découvre les chips, revient s'installer près de la brunette qui semble de plus en plus absorbée par son article.

« Alors, Françoise, tu ne sors pas ton nez de ton canard ?

— Non.

— Qu'as-tu donc trouvé de si intéressant ?

— Cet article sur les rayons cosmiques.

— Vraiment ? Qu'ont-ils de spécial, ces rayons cosmétiques ?

— Ce sont des sortes de rayons X, mais plus pénétrants.

— Ah ? Toi, tu vas finir par attraper une méningite. Tu ferais mieux de lire *Hit Disc* ! Tiens, Jérémie Miami, tu sais ce qu'il a fait sur la scène de l'*Alaska* ? Il a joué de la guitare en montant au cou d'une girafe. Faut le faire, non ? C'est vraiment un artiste à la hauteur ! »

Mais Françoise se relève brusquement, prend son magazine, sa serviette, et court vers le vestiaire. Ficelle crie :

« Eh bien, qu'est-ce qui t'arrive ! Tu es folle, ou quoi ? Tu t'en vas ? On vient à peine d'arriver ! Elle a le cerveau complètement dévissé, cette Françoise ! »

Boulotte sort de l'eau, demande à Ficelle :

« Elle s'en va ?

— Oui, je ne sais pas ce qui lui prend. À mon avis, il y a quelque chose qui gigote dans son crâne...

— Bah ! ne t'occupe pas d'elle. Donne-moi plutôt mes chips. »

Ficelle tend distraitement le sachet transparent à Boulotte qui s'exclame :

« Mais, dis donc... *Il est vide !* Tu as mangé toutes mes frites !

— Ah ? Tu crois ? Peut-être bien... Tu sais, j'ai

besoin de calories, moi. D'ailleurs, le docteur m'envoie à la montagne. Je pars après-demain. »

Mais Boulotte n'écoute pas ces justifications médicales. Elle répète, indignée :

« Mes frites ! Mes frites ! Tu as mangé toutes mes frites ! »

Pour apaiser sa fureur, elle roule le sac en boule, le jette à l'eau et crie :

« Tu vas aller le rejoindre ! Ça t'apprendra à me voler mes frites ! »

Et d'une brusque poussée, elle fait basculer Ficelle dans le grand bain. La malheureuse fait plouf ! revient à la surface et hurle :

« Je viens de manger ! Je vais attraper une congélation ! Et puis je ne sais pas très bien nager. »

Boulotte la laisse patauger, en lui donnant toutefois quelques précieux conseils :

« Tu n'as qu'à employer ta brasse papillon crawlée. C'est le moment. Allez, une, deux, trois ! Jambes repliées ! Quatre, les bras en avant ! Cinq, le nez hors de l'eau ! Six, les oreilles rabattues ! Sept, les doigts de pied en éventail !... »

*

* *

« Œil de Lynx ? Vous le trouverez au garage, juste à côté. Il rafistole sa moulinette. »

Fantômette remercie le portier de *France-Flash,* entre dans le garage où les journalistes remisent leurs

voitures. La 2 CV cabossée est là, capot enlevé, portières dispersées, ailes envolées. Des outils, des bougies, des écrous nagent dans les flaques d'huile qui décorent le ciment. Œil de Lynx est invisible. Pourtant, la visiteuse perçoit un sifflotement, accompagnant le grincement d'un boulon que l'on dévisse.

« Ohé ! Œil de Lynx ! Vous êtes là ?

— Oui, voilà ! »

Une paire de pieds apparaît, sortant de sous le châssis. On voit ensuite les jambes d'un pantalon de toile bleue, puis le reste du corps et une figure largement barbouillée de cambouis.

« Tiens ! C'est notre Fantômette nationale ! Vous venez m'aider ?

— À retaper cette ruine mécanique ? Vous ne croyez pas qu'il serait temps de l'envoyer à la ferraille ?

— Pas du tout. Je viens au contraire de la rajeunir. Un moteur regonflé, un carburateur presque pas vieux, des pneus pas plus troués qu'un gruyère. Maintenant, c'est un vrai petit bijou, cette tuture. Mais dites-moi plutôt ce qui vous amène. Du nouveau dans notre affaire d'espionnage ?

— Je crois, oui. Tenez, jetez un coup d'œil de lynx sur cet article... »

Le journaliste s'essuie les mains avec un chiffon, prend le numéro de *La Science pour chacun* que lui tend Fantômette, et lit :

Un laboratoire de physique aurait récemment mis au point le Cosmotron, un appareil produisant des faisceaux de rayons cosmiques d'un genre très particulier. Ces rayons peuvent traverser des corps opaques tels que des murs et fournir des images d'objets se trouvant derrière. On aurait obtenu ainsi des photos de personnes prises à travers une muraille de château, remarquables par leur netteté.

Œil de Lynx reste un moment silencieux. Puis il dit :

« Évidemment, c'est troublant. S'il existe un appareil qui voit à travers les murs, il a très bien pu prendre des photos chez la porcelainière, ou dans les ateliers Matelas. Mais d'autre part... Si cette machine existe réellement, et si son inventeur s'en sert pour faire de l'espionnage, il n'en parlerait pas dans *La Science pour chacun* ! Imaginez un peu, ma chère, que j'aie inventé un outil pour ouvrir les coffres-forts des banques, croyez-vous que j'irais le crier partout ? »

Fantômette dit à mi-voix :

« Oui, c'est vrai. Vous avez raison. Si le fabricant du Cosmotron s'en sert pour espionner, il n'en aurait pas parlé dans la presse.

— Parbleu ! Ou alors, il serait complètement idiot... »

Fantômette s'assoit sur une pile de pneus, tournicote ses mèches avec son index, puis fait le point.

« Résumons-nous. Premièrement, Rémi Croscop a

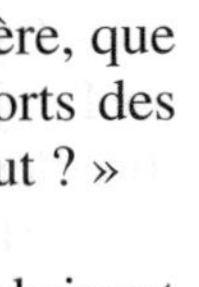

photographié la collection Christophe Pimpan au moyen d'une lunette. Pourquoi pas avec le Cosmotron ? Peut-être parce que ce n'était pas nécessaire, puisqu'on pouvait voir à travers les fenêtres des ateliers. Deuxièmement, il a photographié les plats émaillés de Gisèle de Perdrix. Cette fois-ci, il lui a bien fallu un appareil capable de prendre des vues à travers le mur. Ensuite, il s'est occupé du missile de l'usine Matelas. Peut-être est-ce lui l'inventeur du Cosmotron ? »

Œil de Lynx secoue la tête.

« Il m'a l'air bien jeune pour avoir été capable de construire et mettre au point un tel appareil, alors qu'il était encore un étudiant il y a si peu de temps. Mais peut-être travaille-t-il dans le laboratoire qui l'a fabriqué ? »

Fantômette se lève, fait claquer ses doigts.

« J'y suis ! Ça y est, je crois que j'ai compris ! »

Le journaliste ouvre tout grands ses yeux et ses oreilles.

« Ah ! je vous écoute, ma chère Fantômette ! Je sens que je vais avoir des révélations toutes chaudes et que ça va faire un article médusant ! Alors ? »

Fantômette marche en rond dans le garage, les mains au dos. Elle parle, autant pour elle-même que pour Œil de Lynx.

« Oui, c'est sûrement ça ! Il n'y a pas d'autre solution. Cela expliquerait pourquoi le laboratoire a parlé de cette découverte.

— Dites ! Dites vite...

— Voilà. À mon avis, Rémi Croscop n'est pas seulement un espion, *c'est aussi un voleur.* Le Cosmotron, il l'a volé et s'en sert pour son propre compte !

— Vous croyez ? Oui, c'est bien possible... Et à quel endroit est ce labo où il a volé la machine ? »

L'article est illustré par la vue d'un château sur un fond de montagnes couvertes de neige, avec cette légende :

Le château de Maléfic (Haute-Savoie) où est installé le laboratoire.

Le journaliste constate :

« C'est donc du côté des Alpes.

— Évidemment. Le pic neigeux, à droite, c'est l'Aiguille du Sud. Et celui de gauche, c'est la Dent du Diable.

— Vous connaissez la région ?

— Bien sûr. C'est là que j'ai combattu le Furet et sa bande, il n'y a pas longtemps. »

Œil de Lynx sort sa pipe, la bourre en proposant :

« Si on allait faire un tour là-bas ?

— Vous me volez mes idées, mon cher. Quand partons-nous ?

— Dès que ma voiture sera prête.

— Ce qui veut dire ? »

Le journaliste lève les bras au ciel :

« Seul Vulcain, le dieu de la mécanique, pourrait vous répondre. Mais ne vous inquiétez pas. Lorsque

nous serons en route, Marguerite avalera les kilomètres.

— Marguerite ? Vous donnez un nom de fleur à cette catastrophe ambulante, à cette casserole cacochyme, à ce tas de ferraille dont un chiffonnier ne voudrait pas, même si on lui offrait en prime un million de bouteilles vides...

— Chut ! chut ! Vous êtes folle de parler comme ça. Si Marguerite vous entendait...

— Eh bien ?

— Eh bien, elle risquerait de se vexer et de ne plus vouloir partir. Et alors, comment irions-nous faire notre enquête, ma chère ? »

Chapitre 12

Ficelle fait du vélo

Boulotte inspecte l'intérieur de son sac de voyage et pousse un soupir de pneu qui se dégonfle.

« Oh ! C'est affreux ! Je n'ai presque plus rien à manger ! Il ne me reste que trois sandwiches au jambon, un petit saucisson et un bout de gruyère. Quand arrivons-nous, Ficelle ?

— Dans une demi-heure.

— Une demi-heure ? C'est épouvantable ! Je ne tiendrai jamais jusque-là ! J'espère que le buffet de la gare est ouvert ! »

À travers la fenêtre du wagon, on voit défiler les contreforts de la montagne. Des alpages munis de leurs moutons réglementaires, des forêts de sapins, des vallées aux creux vertigineux, des sommets rocailleux, ocre, gris, mauves. De temps en temps, à la faveur

d'une courbe suivie par le train, on découvre un pic blanc, éblouissant.

« On dirait de la crème Chantilly ! remarque Boulotte. Tu ne crois pas ? »

La grande Ficelle n'a guère le temps d'admirer les beautés des Alpes. Courbée en deux, elle examine une grande boîte transparente posée sur ses genoux. Il s'agit d'un de ces coffrets en plastique contenant des petits casiers, que les bricoleurs utilisent pour ranger des vis ou des écrous. Mais Ficelle en fait un tout autre usage. Dans chaque compartiment, elle élève un animal particulier. Il y a la case du ver de terre, celle de la coccinelle, celle du mille-pattes ou de la mouche verte. Une étiquette indique le nom des bestioles, inspiré d'un vieux calendrier. Par exemple, la puce se nomme Euphrasie, l'asticot Népomucène ou la fourmi Scolastique.

Les deux filles ne sont pas seules dans le compartiment. Il s'y trouve également une brave dame qui s'est réfugiée dans un coin, horrifiée par l'étrange collection, et qui tricote une chaussette jaune en jetant des coups d'œil inquiets vers la redoutable boîte.

Enfin, le train commence à ralentir. On aperçoit des rues, des chalets aux volets peints de couleurs vives, des hôtels. Boulotte pousse un soupir de soulagement.

« Ah ! je crois qu'on arrive !

— Pas déjà, dit Ficelle. D'après mes calculs ficelliens, il y a encore un quart d'heure de trajet.

— Pourtant, nous entrons dans une gare. Ce doit être Chamoix.

— Non, ma grosse rebondie. Regarde cette indication... C'est une ville qui s'appelle Consigne. »

Mais Ficelle se trompe. C'est bien à Chamoix que le train arrive. Il ralentit, puis les freins grincent et les voitures s'arrêtent brutalement. La boîte en plastique glisse sur les genoux de Ficelle, tombe et s'ouvre en libérant son zoo d'insectes. Les asticots se répandent sur le sol, les mouches, les moustiques et les papillons s'envolent au grand effroi de la tricoteuse qui pousse des petits cris, saisit promptement sa valise, et s'enfuit de ce compartiment cauchemardesque. Affolée, Ficelle tente de récupérer ses protégés.

« Euphrasie ! Viens ici, vite ! Arthur, reviens ! Oh ! Il se sauve par la fenêtre ! Attention, Boulotte, tu vas marcher sur Scolastique ! Oh ! tu l'as aplatie, la pauvre ! »

À quatre pattes, elle s'efforce d'attraper une chenille qui se cache sous la banquette, mais Boulotte lui tire les cheveux pour la faire sortir.

« Allons viens ! Si tu restes là, le train va repartir avec toi ! »

Très triste, Ficelle se voit contrainte d'abandonner les plus beaux spécimens de sa collection. Notre malheureuse naturaliste n'a pu récupérer que le ver de terre Séraphin, parce qu'il ne courait pas très vite.

À la sortie de la gare, nos voyageuses sont

accueillies par l'oncle de Ficelle, M. Filin, qui est venu en voiture bien qu'il habite tout près. Grand et blond, il ressemble à sa nièce (toutefois il ne collectionne pas les animaux bizarres). Son activité, ainsi que celle de Mme Filin, consiste à vendre des anoraks, des skis ou des articles de sport dans son magasin, *Le Slalom,* un des plus actifs de Chamoix. Cinq minutes plus tard, les deux amies se trouvent devant un solide déjeuner, au grand contentement de Boulotte. Puis Ficelle, qui souhaite reconstituer son musée de bestioles, veut aller vagabonder dans la nature. Elle demande la permission d'emprunter deux des vélos qui s'alignent dans le magasin. Ce projet étant approuvé, nos deux amies se lancent sur les routes sinueuses de la vallée. En cette fin d'été, la neige ne se rencontre qu'en altitude. L'hiver, bien sûr, tout est blanc. D'un geste large, Ficelle désigne l'admirable panorama qui l'entoure.

« Regarde si c'est beau, Boulotte ! On dirait une diapositive en couleurs et en relief. Tu as vu ces épicéas, comme ils sont hauts ?

— Des épiciers ? Il y a une épicerie par ici ? Où donc ? Je ne la vois pas ?

— Je dis, des épicéas. J'ai lu ce nom dans mon livre de sciences naturelles. Tu as vu la Dent du Diable, là-haut ? Tu te souviens, quand le Furet nous avait faites prisonnières ? Et c'est Fantômette qui nous avait sauvées ! Et je me rappelle que... »

BING ! PATATRAS !

« Ouille ! Aïe ! Houlà ! »

Ficelle est allongée sur la route, ahurie, endolorie, se demandant ce qui vient de lui arriver. Rendue distraite par le paysage, elle a obliqué sur la gauche de la route sans s'en rendre compte, et s'est jetée en plein dans une voiture qui arrivait en sens inverse. C'est une 2 CV quelque peu cabossée, d'où sortent un jeune homme à casquette et une fille brune vêtue d'une robe rouge et jaune. Des exclamations jaillissent.

« Ficelle ! Boulotte !

— Françoise ! Ah ! quelle surprise ! Comment ça va ? Moi, je suis morte ! »

Françoise et Œil de Lynx s'assurent tout d'abord que la grande fille a eu plus de peur que de mal, puis l'aident à se relever. Ficelle n'a qu'un genou écorché et une déchirure à sa chaussette gauche[1].

Le pare-chocs avant de la 2 CV est quelque peu tordu. Toutefois, ce défaut est peu visible dans l'ensemble d'un véhicule qui semble sortir d'une décharge publique. En revanche, la bicyclette ressemble à un plat de spaghetti. Mais Ficelle ne s'en soucie pas. Elle demande :

« Françoise, que fais-tu ici ? Je te croyais à Framboisy.

— Tu vois, moi aussi je suis venue respirer l'air pur de nos montagnes.

---

1. Une chaussette bleue. En voyage, Ficelle ne porte que des chaussettes de cette couleur.

— Et ce monsieur qui conduit si mal, comment se nomme-t-il ?

— C'est Œil de Lynx, un des journalistes de *France-Flash.* »

Œil de Lynx ôte sa casquette, s'incline vers Ficelle.

« J'ai beaucoup entendu parler de vous, mademoiselle. »

Ficelle se redresse, très flattée. Le journaliste demande :

« N'est-ce pas vous qui ramassez des asticots, des cafards et des punaises ?

— J'ai, en effet, cet honneur, monsieur Œil de Bœuf. Et j'avais une admirable collection d'insectes précieux. Malheureusement, j'en ai perdu les quatre tiers dans le train et dans des circonstances tragiques. En particulier une fourmi rare et une puce extra-difficile à attraper. Mais dans les montagnes je vais certainement trouver d'autres insectes. Des argynnes, des raphidies ou des tenthrèdes. Peut-être aussi des phryganes ou des psoques. »

Cependant, comme on ne peut pas rester au milieu de la route, Œil de Lynx charge dans sa voiture le vélo (intact) de Boulotte et celui (en compote) de Ficelle, puis ramène l'accidentée chez son oncle. On met sur le genou de la grande fille un gros pansement qui a l'air d'un turban de rajah. La malheureuse pousse des soupirs qui ressemblent à des départs de fusées lunaires et manifeste son intention de rester allongée toute la journée sur un matelas pneumatique.

Elle s'allonge donc, et son regard se pose sur un calendrier publicitaire représentant la photo d'un vison.

L'oncle explique :

« Il y a un élevage de visons tout près d'ici. Il paraît que le climat est favorable à ces petites bêtes. »

Ficelle oublie aussitôt son genou.

« Je veux les voir ! Ça m'intéresse énormément ! Je vais aller visiter cet élevage ! »

Après tout, elle pourrait peut-être posséder des visons plutôt que des insectes. Avec le pelage de ces animaux, on peut obtenir des jolis manteaux de fourrure, tandis qu'on ne peut pas tirer grand-chose d'une fourmi, même si elle est de belle qualité.

« Dès que j'aurai repris de faibles forces, j'irai voir cet élevage. Dans dix minutes environ. Boulotte m'accompagnera, bien sûr. Ça l'instruira. Elle a besoin d'apprendre des choses, cette bonbonne... À part ses histoires de cuisine, elle ne sait rien. C'est une vraie nullité. Tandis que moi, je ne rate jamais une occasion de m'instruire. C'est pourquoi je suis si savante. Je connais merveilleusement ma géographie. Par exemple, je sais que la capitale de l'Australie, c'est Melbourne, et que la capitale des États-Unis, c'est New York. »

Pendant que Ficelle débite des âneries, Boulotte, inspirée par les blancs sommets, a décidé de préparer des œufs à la neige. Elle s'est donc enfermée dans la cuisine.

Françoise et Œil de Lynx prennent congé de l'oncle Filin et de son épouse, montent dans la 2 CV et repartent vers la vallée. Ils sortent de Chamoix, roulent sur trois ou quatre kilomètres, puis s'engagent dans une série de courbes longeant un ravin. En face, un château jaillit hors des sapins. Les deux tours et les courtines — c'est-à-dire les murs — semblent taillées dans de la roche grise. Les toits coniques qui coiffent les tours sont faits de tuile brune. Les rayons solaires illuminent les fenêtres ogivales à carreaux multicolores. L'ensemble de l'édifice paraît bien conservé. On peut imaginer qu'il sert de logis à quelque belle princesse vêtue de soie bleue et coiffée d'un hennin.

Françoise pointe un doigt vers le château et dit :

« Il me semble que... »

Elle n'a pas le temps d'en dire plus. Une grosse voiture noire dépasse brusquement la 2 CV, et se rabat brutalement sur la droite. Bousculée, la 2 CV quitte la chaussée et tombe dans le vide !

Chapitre 13

Le château de Maléfic

« Portière avant droite enfoncée, aile gauche arrachée... phares... heu... ils ont disparu. Roue arrière gauche voilée, pare-brise en morceaux. Ça va faire une jolie note de réparations !

— Votre journal en profitera peut-être pour vous offrir une voiture neuve, mon cher Œil ?

— Pensez-vous ! Ils sont plus radins que l'oncle Picsou ! »

Fantômette et Œil de Lynx inspectent les dégâts subis par la voiture qui a dévalé la pente abrupte, et s'est trouvée stoppée net par le tronc d'un sapin. Si cet arbre n'avait eu l'heureuse idée de pousser là, le véhicule eût poursuivi son plongeon jusqu'au torrent qui coule au fond de la vallée. Nos héros s'en tirent avec quelques égratignures et une ou deux bosses.

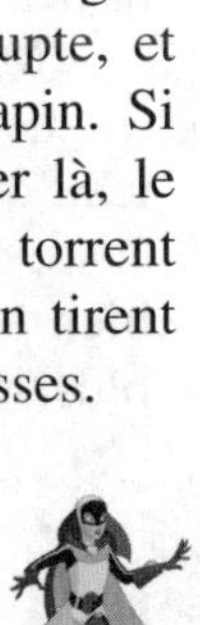

En s'accrochant aux herbes, ils remontent la pente et se retrouvent sur la route.

« Il n'y a plus qu'à retourner à pied jusqu'à Chamoix, dit Œil de Lynx. Je vais voir si je peux trouver un dépanneur qui ramènera Marguerite sur la route. En attendant, j'aimerais bien savoir quel est le chauffard qui nous a fait cette queue de poisson...

— Comment ? Vous ne l'avez pas reconnu ?

— Non. Qui est-ce ?

— Notre ami Rémi Croscop. Le photographe-espion.

— Vous en êtes sûre ?

— Tout à fait. J'ai même remarqué qu'il portait encore un bout de pansement sur le front.

— Oh ! Cet individu devient diablement dangereux ! Il va falloir être prudent...

— Vous avez raison, mon cher Œil. Retournez-vous toutes les dix minutes pour vérifier s'il n'est pas dans votre dos. À ce soir ! »

Fantômette passe à son épaule la bride d'un sac marqué *Air Europe* et sort de la route pour descendre la pente.

« Mais où donc allez-vous, Fantômette ? »

La jeune justicière pointe son index vers le château qui se dresse de l'autre côté du ravin.

Le journaliste hoche la tête. Son amie aurait très bien pu suivre la petite route que l'on aperçoit un peu plus loin, en aval, et qui mène au château. Mais en coupant à travers l'étroite vallée, le chemin est deux fois plus court. Et cent fois plus périlleux.

« Elle est folle, cette Fantômette ! Risquer de se casser le cou pour économiser cinq minutes de marche, c'est idiot ! Je me demande comment elle s'y prend pour n'avoir pas continuellement les jambes et les bras dans le plâtre ! Une chance extraordinaire ? Une bonne étoile qui s'occupe d'elle ? Il faudra que j'écrive un article là-dessus. »

Il allume sa pipe, enfonce sa casquette à carreaux et se met en route d'un bon pas vers Chamoix.

*

* *

Le château de Maléfix, construit au début du XVIe siècle par le baron Gontran, a vu défiler sous ses remparts les armées de François Ier qui s'en allaient vers l'Italie, les dragons envoyés par Louis XIV, les sans-culottes de la Révolution, les chars allemands de la Seconde Guerre mondiale. Il a été successivement brûlé, pillé, démoli, reconstruit, restauré. Mais il est toujours resté aux mains des barons de Maléfic. Ce vaste édifice était ouvert au public il y a une dizaine d'années. On pouvait le visiter moyennant une somme modique, et le guide faisait admirer aux visiteurs le berceau de la baronne Frédégonde, l'épée de Sigisbert de Maléfic ou le pot à eau de la baronne Léocadie.

Mais le dernier héritier a fermé sa porte aux tou-

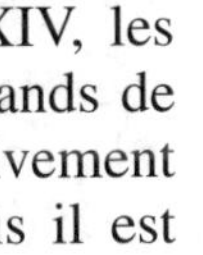

ristes. Il semble peu apprécier les visites, puisqu'il a entouré sa propriété d'une clôture électrifiée. On trouve en effet, lorsqu'on approche des limites du domaine, une plantation d'écriteaux qui déclarent fermement *Défense d'entrer, danger de mort.* Des crânes accompagnés d'étincelles en zigzag soulignent le caractère dangereux de cette frontière.

Fantômette s'arrête devant un de ces panneaux, sifflote entre ses dents et murmure :

« Pas commode, le propriétaire. Il n'a pas envie que l'on mette le nez dans ses affaires. Cela s'explique, d'ailleurs. Il veut protéger ses inventions. Un appareil qui voit à travers les murs, c'est précieux. »

Elle longe la clôture jusqu'à l'entrée de la propriété. Il s'agit d'un grand portique en arceau, autour duquel s'enroule du lierre. Et, chose curieuse, il n'y a pas de fermeture.

« C'est surprenant ! Ils prennent la peine d'électrifier leur clôture, et l'entrée est grande ouverte ! N'importe qui peut passer. »

Elle fait deux pas en avant pour franchir ce seuil, lorsqu'une voix puissante ordonne :

« Halte ! N'avancez pas ! Déclinez votre nom et le but de votre visite ! »

Fantômette lève la tête. La voix sort d'un haut-parleur discrètement logé sous le lierre. En abaissant son regard vers la base du portique, elle découvre une sorte d'œil noir.

« Une cellule photo-électrique qui détecte les visiteurs. Évidemment, avec ce système, ils n'ont pas besoin de porte... »

La voix répète, d'un ton monotone, comme si elle était enregistrée sur une bande magnétique :

« Déclinez votre nom et le but de votre visite. »

Fantômette improvise une réponse.

« Je suis Florence Dubois, rédactrice à *France-Flash.* Je fais un reportage sur les châteaux historiques. »

Il y a une seconde de silence, puis la voix mécanique s'élève :

« Nous ne recevons pas les journalistes. Veuillez vous retirer. Nous ne recevons pas les journalistes. Veuillez... »

Fantômette insiste.

« Mais je n'en ai que pour un instant. Juste une question ou deux... »

Le haut-parleur répète :

« Nous ne recevons pas...

Fantômette hausse les épaules :

« Bon, bon ! Ça va ! J'ai compris, espèce de perroquet ! »

Elle fait demi-tour, repart par le même chemin. Une fois revenue jusqu'au bout de la propriété qui se perd dans la forêt de sapins, la jeune justicière s'assure d'un coup d'œil qu'elle est invisible depuis le château. Elle tire la glissière de son sac, l'ouvre, en sort son costume de justicière et le revêt. Son visage est maintenant dissimulé sous le masque noir. Après avoir

caché le sac sous une touffe de fougères, elle entreprend d'escalader un grand épicéa dont certaines branches surmontent la clôture électrifiée. Son ascension fait envoler un couple de bouvreuils noirs à ventre rose, qui bavardaient tranquillement.

« Excusez-moi, je ne fais que passer. » Fantômette se trouve maintenant à la hauteur d'un premier étage. À califourchon sur une branche flexible, elle s'éloigne prudemment du tronc, parvient au-dessus de la clôture. La branche fléchit de plus en plus, s'incline comme si elle voulait déposer notre héroïne sur les barbelés.

« Mille pompons ! Ça va être juste... Brrr... je sens que la barrière me chatouille les pieds ! »

Néanmoins, elle progresse encore, dépasse la clôture, atteint l'extrémité de la branche qui se courbe vers le sol. Comme assise sur un toboggan, Fantômette se laisse glisser jusqu'à l'herbe qui la reçoit mollement, tandis que la branche, brusquement allégée, remonte en coup de fouet.

« Première partie du programme. Voyons la seconde partie. »

Il s'agit maintenant de se rapprocher du château avec le maximum de discrétion. Pour l'instant, les sapins lui offrent une protection suffisante, ce qui lui permet de circuler sans risque. Lorsqu'elle aperçoit à nouveau le château, elle s'arrête, l'examine. Sur le devant, il y a une esplanade vide. Donc, impossible de passer par là. En revanche, l'arrière de l'édifice semble toucher presque la lisière de la forêt. C'est par là qu'il faut aller. Notre jeune justicière décrit alors un large demi-cercle à travers la futaie, ce qui l'amène tout près du château. À l'abri d'un tronc de sapin, elle scrute les fenêtres du rez-de-chaussée, du premier et du second étage, n'y trouve aucun visage. En bas, il y a une porte de service entrouverte.

« Bon, allons-y ! » Elle quitte sa cachette, bondit vers l'entrée, et pénètre dans un vestibule aux murs de pierre nue. Une impression de fraîcheur, une odeur de moisissure. Le plafond délabré, les boiseries écaillées témoignent que le propriétaire ne fait guère de dépenses pour l'entretien de son logis. Fantômette traverse un salon où les meubles sont rares, longe un couloir sombre, s'apprête à monter des escaliers de bois vermoulu, quand un bruit de voix parvient à son oreille. Elle s'arrête, écoute.

« Cela ne vient pas de là-haut... On dirait plutôt que c'est en bas... »

Elle fait encore quelques pas, découvre un autre escalier, en pierre celui-là, qui s'enfonce dans le sol, vers quelque cave. Notre justicière descend les marches sur la pointe des pieds. La conversation se fait plus forte. Ce sont deux voix d'hommes qui discutent en employant des mots techniques.

« Il faudrait augmenter un peu le voltage...

— Et changer le thyristor, ou monter une dérivation après le potentiomètre. »

Fantômette se dit qu'elle approche du laboratoire

qui doit être installé au sous-sol, quelque part derrière ces murailles.

Elle continue d'avancer avec précaution, lorsqu'un léger froissement se fait entendre dans son dos. Elle s'immobilise, écoute.

Et, brusquement, tout devient noir...

Chapitre 14

Le visage qui brille

Toujours à la recherche des visons, Ficelle a fini par trouver le domicile de l'éleveur. Elle tombe en arrêt devant le panneau qui porte l'inscription VISONS VIVANTS, sur lequel un carton punaisé ajoute :

FERMÉ.

« Ah ! c'est bien ma veine ! Venir de si loin pour trouver bouche cousue et porte close ! Je suis brimée ! Comment veut-on qu'une grande naturaliste comme moi puisse s'instruire ? C'est scandaleux ! »

Un Chamoissien qui prend le frais devant un chalet voisin remarque sa déconvenue et s'approche :

« Vous veniez voir ces visons, mademoiselle ?

— Oui, monsieur. Et je m'aperçois que ce n'est pas ouvert, puisque c'est fermé. Pourquoi donc ?

— Parce que tous les visons sont morts la semaine dernière.

— Pas possible ? Qu'est-il arrivé ?

— C'est un avion de chasse qui est passé très bas. Il a fait un bang qui les a tués net. Vous savez, c'est fragile, ces petites bêtes. »

Ficelle soupire : « Oh ! les pauvres ! C'est malheureux de finir comme ça, alors qu'il auraient pu avoir la chance d'être transformés en manteaux d'astrakan... Enfin, c'est la vie ! »

Elle revient tristement chez son oncle, se rend à la cuisine où Boulotte vient de préparer des coupes de fruits glacés, surmontés de crème Chantilly. La gourmande s'exclame :

« Ah ! tu arrives juste pour le goûter, Ficelle. Regarde mes pêches Melba ! C'est beau, hein ? Mais qu'est-ce qui t'arrive ? Tu n'as pas l'air contente ?

— Je suis toute déconfiturée, ma pauvre Boulotte. Figure-toi... »

Et elle explique la malheureuse aventure des visons. Mais lorsque l'on s'appelle Ficelle, on ne se laisse pas aller longtemps à la tristesse. On réagit vite. Et la grande fille, pour se changer les idées, prend une soudaine décision :

« Boulotte, tu vas m'accompagner en haute montagne. Puisque je n'ai pas trouvé de visons, je vais de nouveau chercher des insectes. Et, ce soir, je les montrerai à Françoise. Tu m'accompagnes ? »

Boulotte, qui vient de mettre la main sur le livre

de cuisine de la tante Filin, voudrait bien rester pour étudier la recette du poulet à la provençale. Mais Ficelle l'entraîne :

« Viens, ma bonne grosse. Ça te fera maigrir, d'escalader les pics. »

Ficelle met sous son bras sa boîte en plastique, sur sa tête un bonnet à pompon rouge, et sort. Boulotte avale précipitamment sa coupe de crème et suit le mouvement. Elle demande :

« Ça ne durera pas trop longtemps, ta promenade ?

— Non, ne t'inquiète pas, ma petite cellulite. Juste le temps d'attraper une campode. Ou une podure.

— Bon. Parce qu'il faut revenir à temps pour le dîner. Tiens, voici une pâtisserie. Attends-moi, je vais acheter une bricole. »

Boulotte ressort de la pâtisserie avec un sac contenant huit petits pains au chocolat, et les deux amies poursuivent leur chemin en direction de la montagne.

À la sortie de Chamoix, on trouve au pied du massif alpin un monticule d'une vingtaine de mètres de haut, une sorte de montagnette que l'on peut gravir en quelques minutes. Ficelle décide d'entreprendre l'escalade de cette éminence, ce qui doit constituer un exploit sportif exceptionnel. Lorsqu'elle arrive au sommet, elle est un peu déçue d'y trouver trois bancs de pierre qui ne sont certainement pas venus là tout seuls, et qui révèlent que cette bosse a déjà été explorée. Ficelle s'apprêtait à rechercher activement des calosomes, quand la vision d'une lunette d'approche,

montée sur un gros socle, la fait changer d'idée. Elle se précipite vers l'instrument, regarde dedans, ne voit que du noir.

« Zut ! Il faut mettre une pièce dedans. Tu as des sous, Boulotte ? »

La gourmande, qui s'est assise sur un banc pour croquer ses pains au chocolat, fournit la pièce, et Ficelle peut contempler les beautés de la montagne.

« Oh ! que c'est drôle ! Je vois des sapins énormes. Et un chalet gigantesque ! Et un chien, là-bas, gros comme une vache ! Tiens ! Des skieurs, là-haut.... Ah ! et en bas, sur le glacier, je vois encore des gens...

— Fais voir ! »

Boulotte abandonne un instant ses pains pour venir mettre son œil à l'oculaire. Elle s'exclame :

« Ah ! c'est curieux... il y a un homme sur la glace. Il tient une boîte noire devant lui, et il a une drôle de figure... Un visage qui brille...

— Un visage qui brille ? Comment ça ?

— Oui, il y a un rayon de soleil qui se reflète dessus. Comme s'il portait un masque en métal.

— Laisse-moi voir ! »

Ficelle bouscule Boulotte pour regarder dans la lunette, mais le mécanisme automatique s'arrête, et l'oculaire devient opaque. Ficelle tape du pied.

« Zut ! Donne-moi une autre pièce...

— Heu... attends... je n'en ai plus.

— Oh ! ce n'est pas possible !

— Mais si ! »

Ficelle grogne.

« Si tu n'avais pas tout dépensé pour acheter tes pains, j'aurais pu voir ce visage brillant. Tu es sûre qu'il porte un masque sur la figure ?

— Il m'a bien semblé. »

Ficelle réfléchit.

« Bizarre... C'est peut-être un descendant de l'homme au Masque de fer, qui était enfermé à la Bastille au temps de Lous XIV. J'ai bien envie d'aller le voir de plus près, cet homme masqué.

— Comment ? Tu veux aller sur le glacier, à cette heure ?

— Pourquoi pas ?

— Rien que le temps d'y aller, et il serait déjà l'heure du dîner.

— Tu crois ?

— Évidemment ! »

Boulotte appuie cette affirmation d'un fort mouvement de tête, et engloutit son dernier pain au chocolat. Ficelle gratte son long nez, puis prend une décision.

« Bon. Alors, j'irai toute seule et en personne ! Je jetterai une lumière confuse sur ce sombre mystère historique, grâce à la finesse de mon esprit épais comme une banquise ! »

Chapitre 15

Le masque d'argent

Fantômette ne peut rien voir, mais elle se rend compte que des poignes solides la soulèvent, l'entraînent au long des couloirs du sous-sol. Elle se débat, essaie de se libérer, donne des coups de pied, mais sans résultat. Ses adversaires sont au nombre de deux, lui semble-t-il. Le premier lui a rabattu sa cape sur la tête, le second lui maintient les jambes. Elle sent qu'on la soulève, qu'on la porte et qu'on la dépose sur le sol. Elle entend le claquement de la porte, suivi d'un glissement de verrous. Elle dégage aussitôt sa tête de la cape, regarde autour d'elle. La pièce est une sorte de cachot, aux murs de pierre lisse, complètement vide. Pas le plus petit bout de chaise ou de banc.

« Bon. Je n'aurai pas à astiquer les meubles... »

Elle se met debout, regarde à travers la fenêtre munie de barreaux. Le soleil descend derrière les crêtes montagneuses en jetant des traînées roses sur un ciel qui vire au mauve. Des nuages de brume grisâtre commencent à envahir la vallée.

Sur le versant opposé, Fantômette peut apercevoir l'épave de la 2 CV accrochée à son sapin. Aucune trace d'Œil de Lynx qui doit être encore en ville, à la recherche d'un dépanneur.

Notre justicière s'assoit sur le sol, adossée à la muraille, et examine la situation.

« Une situation peu brillante. Je me suis fait coincer bêtement... Mais aussi, comment pouvais-je me douter qu'on allait me tomber dessus aussi vite ? J'étais pourtant certaine de n'avoir pas été vue... Il y a là quelque chose qui m'échappe... »

Pendant un long moment, elle cherche des réponses aux multiples questions qui se posent à son esprit. Qui dirige ce laboratoire ? Quel rôle joue Rémi Croscop ? Habite-t-il dans le château ? Se cache-t-il dans la région ?

« Et moi, combien de temps vais-je rester enfermée dans ce cachot ? Une heure ? Un jour, un an ? »

Elle interrompt ses réflexions, pour observer une voiture grise qui passe sous le portail sans ralentir, traverse l'esplanade et s'arrête au pied du perron. Le conducteur ouvre la portière, sort. Fantômette étouffe une exclamation. L'homme a le visage caché derrière un masque de métal, qui lui donne un peu l'allure d'un chevalier en armure. Il contourne la voiture, ouvre le coffre et en sort une boîte rectangulaire munie de boutons, qui ressemble à un téléviseur portable. Deux autres hommes apparaissent. Ils sortent du château et s'avancent vers l'homme masqué. Ils sont vêtus de blouses blanches et paraissent d'une constitution robuste. Ce sont sans doute eux qui ont capturé Fantômette. L'un d'eux interroge l'homme au masque.

« Tout a bien marché, monsieur le baron ?

— Oui, parfaitement. Demain, nous nous occuperons de la suite. Du nouveau ?

— Oui, monsieur le baron. Une visiteuse indiscrète qui a réussi à franchir la clôture. Nous l'avons mise au frais.

— Je vais voir cela. »

Les trois hommes reviennent dans le château. Celui qui porte un masque est donc le propriétaire, le baron de Maléfic. Pourquoi cache-t-il son visage ?

« Encore un mystère ! Mais je vais bientôt en savoir plus. »

Quelques minutes après, des pas résonnent dans le couloir, les verrous grincent et la porte s'ouvre. L'homme au masque entre.

Il observe Fantômette pendant un long moment, immobile, muet. Et c'est une scène étrange, un tableau singulier que composent ces deux personnages masqués qui s'observent avec autant de méfiance que d'hostilité. On croirait voir deux chats prêts à bondir l'un vers l'autre pour se mordre et se griffer. Fantômette, qui pourtant s'est trouvée bien souvent dans des situations périlleuses, se sent inquiète. Sa bouche devient sèche, son front, au contraire, devient moite. Son cœur bat plus vite. Il y a quelque chose d'effrayant dans ce personnage au masque d'argent massif — c'est certainement ce métal qui a été utilisé. Elle voudrait parler, lui demander pourquoi il dissimule ses traits sous cet écran de métal, mais elle ne le peut pas. Alors, c'est le baron de Maléfic qui prend la parole. Il pose trois questions, d'un ton brutal :

« Qui êtes-vous ? Qui vous envoie ? Que voulez-vous ? »

Fantômette retrouve peu à peu son calme intérieur.

Elle fait une profonde inspiration et répond :

« Je suis Fantômette. Mon occupation favorite est de donner la chasse aux escrocs ou aux voleurs. Personne ne m'envoie. Je m'occupe de cette affaire parce qu'elle m'intéresse. Voilà tout.

— Quelle affaire ?

— Appelons cela le mystère du Cosmotron. »

L'homme serre brusquement les poings en un geste de contrariété. Il demande sèchement :

« Que savez-vous du Cosmotron ?

— Pas grand-chose. Tout ce que je peux vous dire, c'est qu'il s'agit d'un appareil qui permet de voir à travers les murs.

— Comment l'avez-vous appris ?

— Il y avait un article à ce sujet dans *La Science pour chacun.* »

Pour la seconde fois, l'homme au masque d'argent réprime un mouvement de colère. Il gronde :

« Je vous conseille d'oublier tout cela. Vous vous mêlez de choses qui ne vous regardent pas, et qui ne sont pas de votre âge.

— Désolée, cher monsieur, mais on m'a confié une mission, et j'ai l'intention de l'accomplir jusqu'au bout.

— Quelle mission ?

— Ah ? vous voulez que je vous raconte ma vie ? Bon, allons-y. J'ai donc été chargée par le couturier Christophe Pimpan de découvrir qui a copié sa collection au profit d'un concurrent, Brigantini.

— Et vous l'avez découvert ?

— Oui. C'est un certain Rémi Croscop. Il a également photographié une collection de plats émaillés, chez une porcelainière, pour le compte d'une entreprise rivale. Ensuite, il s'est lancé dans une affaire plus sérieuse, l'espionnage des fusées. Comme j'étais sur le point de garder ces photos pour en faire des tirages, le cher Rémi m'a endormie avec une piqûre de somnifère. Il a repris les photos et il s'est sauvé, le vilain pas beau ! Après quoi, l'article de *La Science pour chacun* m'a mise sur la piste du Cosmotron, et je suis venue jusqu'ici. En cours de route, Rémi Croscop a essayé de m'envoyer chez mes ancêtres, mais j'ai l'habitude de ce genre de sport. Et je suis encore vivante. »

L'homme masqué ne bronche toujours pas.

« Voilà, conclut Fantômette, je vous ai résumé l'essentiel de l'affaire. Si maintenant vous voulez bien me dire quels sont vos rapports avec Rémi ? À mon avis, il a volé le Cosmotron que vous avez construit, et il s'en sert pour faire de l'espionnage à son compte. C'est bien cela, n'est-ce pas ? »

L'homme au masque hausse les épaules et laisse tomber, avec dédain :

« Pas du tout. Vous vous trompez complètement. »

Cela dit, il pivote sur ses talons, ouvre la porte, sort et referme en repoussant les verrous. Fantômette est abasourdie.

« Ah ! par exemple ! En voilà, un client ! Je lui raconte une belle histoire, je lui démontre par A + B que Rémi Croscop lui a volé son machintron, et il me traite comme une moins-que-rien-zéro-pour-la-question ! Avouez qu'il y a de quoi avaler son pompon ! »

Vexée, mécontente, agacée, Fantômette se remet par terre en position assise et se mord les lèvres en battant nerveusement le sol avec sa semelle. Elle se rend compte alors que le baron de Maléfic est en train de parler avec ses hommes. Elle se relève, colle son oreille contre la porte, et entend ces paroles effroyables, que prononce l'homme masqué :

« Je ne veux pas m'embarrasser d'une fille aussi dangereuse. Elle en sait beaucoup trop. Vous allez prendre une pelle et une pioche, et vous allez creuser un grand trou dans la forêt, derrière le château. Après, je m'en occuperai. »

Chapitre 16

Une tombe pour Fantômette

« Alors, quelques minutes avant de servir, il faudra faire dorer les filets à la poêle, avec une noix de beurre. Voyez-vous, Boulotte ?

— Oui, madame Filin, je vous suis très bien. Et pour déglacer la poêle, vous prenez du porto ou du madère ?

— En principe, pour les filets mignons châtelaine, il vaut mieux employer du porto. Ensuite, on laisse réduire et on nappe avec la sauce... »

Boulotte et la tante de Ficelle se trouvent dans la cuisine, très occupées par leur recette. M. Filin ferme la boutique, les rejoint et hume l'air.

« Mmmm ! Ça sent bon, par ici. Quand est-ce qu'on passe à table ?

— Ce sera prêt d'ici un quart d'heure, répond Mme Filin. Ma nièce n'est pas avec vous ? »

C'est Boulotte qui répond. « Elle m'a quittée il y a deux heures pour aller sur le glacier.

— Sur le glacier ! Qu'allait-elle y faire ?

— Elle avait vu un drôle de bonhomme avec un masque brillant. »

Rendu soudainement inquiet par cette histoire bizarre et par le retard de Ficelle, M. Filin enfile un blouson, met des chaussures à crampons et sort en toute hâte, alors que les premières lumières s'allument dans la ville. À peine est-il dehors, qu'une voiture stoppe devant lui. Un guide de haute montagne en descend.

« Bonsoir, Filin ! Je te ramène ta nièce ! »

Ficelle passe sa tête par la portière et crie :

« Je me suis cassé la jambe ! »

M. Filin se précipite pour aider Ficelle à sortir de la voiture. Les deux hommes portent l'accidentée dans la maison, ce qui provoque des exclamations affolées. Mme Filin se rue sur le téléphone pour appeler un docteur, et Boulotte oublie de surveiller ses filets mignons. Avec mille précautions, on allonge Ficelle sur un lit. Elle s'empresse de raconter sa mésaventure.

« Figurez-vous qu'au moyen de la lunette payante, j'avais vu un homme masqué sur le glacier. Poussée par ma curiosité ficellienne et une légère brise du sud-ouest, je me suis dirigée vers le bonhomme, mais en

arrivant à l'endroit où il était, je l'ai vu qui brillait fortement par son absence. Immédiatement, j'ai conclu qu'il était ailleurs. C'est à ce moment-là que j'ai aperçu une pyrale. Notez bien que ça pouvait être aussi un machaon ou une noctuelle.

— C'est quoi, ces bêtes-là ? s'enquiert Boulotte.

— Ben... des papillons, quoi ! Tout le monde le sait !

— Alors, après ?

— Après, j'ai vu que ma pyrale s'était posée dans une crevasse. Alors, j'ai ouvert ma boîte en plastique brevetée, modèle déposé, et j'ai sorti le filet télescopique que je mets toujours dans le fond. Ensuite, j'ai posé mon bonnet rouge sur la boîte.

— Pourquoi ?

— Parce que j'avais peur de le perdre en me penchant au-dessus de la crevasse. *Et c'est ce qui m'a sauvé la vie !* »

M. Filin demande, très surpris :

« Tu as eu la vie sauve parce que tu as ôté ton bonnet ?

— Parfaitement. »

Le guide approuve.

« C'est exact. J'ai aperçu ce bonnet rouge, et j'ai pensé que quelqu'un était peut-être tombé dans la crevasse. Et en effet, mademoiselle avait glissé.

— ... et je suis tombée dans un affreux précipice ! C'est pourquoi j'ai maintenant la jambe cassée. Heureusement que c'est la droite, parce que j'ai déjà un pansement au genou gauche. Donc, grâce à ma présence d'esprit et à mon bonnet rouge, ce courageux guide breveté m'a tirée de la crevasse avec énergie et des cordes. Vous voyez que même avec une jambe en morceaux, on peut avoir une chance phénoménale ! »

Un coup de sonnette annonce l'arrivée du docteur Victor Ticolis, le grand spécialiste des fractures. Tout au long de l'année, il lui faut des quintaux de plâtre pour immobiliser les bras et les jambes des skieurs malchanceux. Les fractures de tibias ou d'humérus n'ont donc aucun secret pour lui. Ficelle lui annonce, avec un gémissement lamentable :

« J'ai la jambe complètement cassée en trois morceaux au moins !

— Voyons cela », dit le médecin d'un ton grave.

Il saisit la cheville de Ficelle, la palpe, la tapote et dit en souriant :

« Voilà une jambe cassée qui ne se porte pas trop mal. Tu as une légère foulure, ma grande. Quelques massages, et dans trois jours tu pourras escalader la Dent du Diable. »

Une grande satisfaction envahit tout le monde, et un grand nuage de fumée envahit la cuisine, car les filets mignons châtelaine sont maintenant complètement carbonisés !

*
* *

« Le patron ? Il ne sera là que dans une heure, m'sieur. Il est parti faire un dépannage du côté de Vemège. »

Œil de Lynx remercie le mécanicien et se met à déambuler dans les rues de Chamoix éclairées par les réverbères. Il a une heure à tuer. Que faire ? Retourner au château pour voir ce que fait Fantômette ? Elle semblait désireuse de rester seule...

Il s'assoit à la terrasse d'un café où les touristes hument l'air tiède de la nuit, prend son bloc-notes et commence à rédiger un article pour son journal. Comme il ne dispose pas de beaucoup de renseignements, il emploie la méthode favorite des bons journalistes : il invente.

Fantômette sur la piste d'un formidable réseau d'espionnage ! L'intrépide justicière vient encore une fois de s'engager dans une aventure bouleversante ! Une mystérieuse organisation s'est lancée récemment dans l'espionnage industriel, sous la direction d'un chef génial que nous appellerons Monsieur X. Ce chef dispose d'un appareil extraordinaire qui permet de voir à travers les murs, les portes, les fenêtres et les meules de paille. Monsieur X. a pu ainsi photographier la plus récente fusée des établissements Matelas, le fameux missile « Vipère », pour revendre ces photos aux Moldo-Valaques. Il a ensuite filmé la bombe atomique monégasque et a fait passer clandestinement ce film aux États-Unis du Mexique en le dissimulant habilement dans une pochette-surprise...

Pendant une heure entière, Œil de Lynx tartine de l'encre sur du papier. Puis il rempoche son bloc, retourne au garage où le patron vient tout juste d'arriver avec sa dépanneuse. Ce brave spécialiste de la mécanique hésite quand le journaliste lui demande de procéder à un nouveau dépannage, alors que le soleil vient de se coucher. Mais Œil de Lynx lui propose de le payer au tarif de nuit, et finalement il accepte. Un quart d'heure plus tard, la dépanneuse s'arrête en bordure du ravin. Un câble d'acier est déroulé, puis accroché à la 2 CV. Le treuil est mis en marche et la voiture accidentée remonte lentement la pente. À cet instant, l'attention du journaliste est attirée par un point lumineux qui clignote sur l'autre versant de la vallée. La lumière brille tantôt par coups très brefs, tantôt par périodes plus longues.

« Des signaux... trait-trait-trait... point... point-point... »

Œil de Lynx, qui est radio amateur à ses moments de loisir, lit couramment l'alphabet morse. Il traduit à mesure :

Œil de Lynx... Œil de Lynx... ici Fantômette... ici Fantômette... Répondez... Répondez... »

C'est Fantômette qui l'appelle. Il sort sa lampe électrique, envoie à son tour des signaux :

« Fantômette, ici Œil de Lynx. J'écoute. »

Fantômette reprend son émission :

« Suis prisonnière... Surmontez clôture en escaladant sapin. Apportez câble. Terminé. »

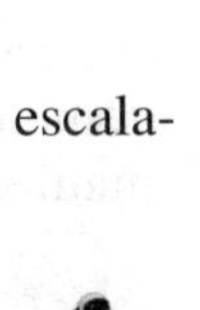

Notre reporter est perplexe.

« Un câble ? Que veut-elle faire avec un câble ? Enfin, puisqu'elle le demande... »

Il se tourne vers le garagiste qui vient de hisser la 2 CV sur la route, lui demande s'il peut lui prêter le câble d'acier qui a servi au sauvetage. Le dépanneur est un peu surpris par cette prière, mais, puisqu'il n'a plus besoin de son câble jusqu'au lendemain, il consent à le décrocher du treuil. Œil de Lynx l'enroule autour de son épaule, et démarre au pas gymnastique en direction du château.

La nuit est maintenant complètement tombée, et la vallée envahie par la brume. Mais les sommets neigeux, reflétant les rayons de lune, forment d'immenses luminaires qui éclaircissent le contour des choses, et Œil de Lynx parvient à s'orienter assez facilement. Il arrive jusqu'à la barrière électrifiée, la contourne en cherchant un sapin dont les branches surplomberaient les barbelés. Il finit par découvrir l'arbre que Fantômette a utilisé précédemment. Il l'escalade de même, réveille les bouvreuils, grimpe à califourchon sur la branche. Comme il est plus lourd que Fantômette, ses pieds touchent les fils du dessus, mais ses semelles caoutchoutées l'isolent du courant électrique, et il se laisse tomber à l'intérieur de la propriété. C'est alors qu'il entend une série de coups répétés qui évoquent une pioche frappant le sol. Il s'avance prudemment, entrevoit des silhouettes. L'une d'elles manie effectivement une pioche. L'homme est à demi enfoncé dans une grande fosse de forme rectangulaire.

Il est en train de creuser une tombe.

*

* *

Dans sa cellule, Fantômette éteint une lampe aussi petite qu'un domino, et la replace dans une poche secrète. Il ne lui reste plus qu'à attendre. Œil de Lynx a-t-il compris le message ? Sera-t-il capable de passer la clôture ? Il ne faudrait pas qu'il ait l'idée de franchir le portail grand ouvert, sinon les cellules photo-électriques le feraient repérer immédiatement...

Soudain, elle tend l'oreille. Quelque part dans la forêt, il se produit des chocs réguliers. Fantômette frissonne. Les deux hommes en blouse blanche sont occupés à creuser un trou qui lui est destiné.

« Brrr ! Œil de Lynx ferait bien de se dépêcher, sinon je vais bientôt aller dans ce trou. Perspective peu réjouissante ! Heureusement qu'une cartomancienne m'a prédit que je vivrais jusqu'à l'âge de cent vingt ans, sinon il y aurait de quoi s'inquiéter... »

Agrippée aux barreaux, elle regarde à travers la fenêtre. Là-bas, en face, les feux rouges de la dépanneuse s'éloignent. Elle repart vers Chamoix en remorquant la carcasse de la 2 CV. Œil de Lynx n'est pas visible. Que fait-il ?

« Pourvu qu'il ne se soit pas électrocuté en passant la clôture ! Ce serait le bouquet ! De chrysanthèmes... »

Alors que Fantômette se livre à ces réflexions lugubres, une ombre sort du couvert des arbres, se glisse, courbée en deux, le long de la façade, s'arrête devant la fenêtre, chuchote :

« Fantômette ?

— Oui, je suis là. Bravo, Œil ! Vous avez fait vite. Le dépanneur vous a prêté son câble ?

— Oui.

— Bien, c'est ce que j'espérais.

— Mais, qu'allez-vous en faire ?

— M'en servir pour m'évader, mon cher.

— Je ne vois pas comment...

— C'est bien simple. »

Fantômette se tait soudainement.

« Vous entendez, Œil ?

— Non, je n'entends rien.

— Justement, c'est ce qui est grave. *Ils ont fini de creuser ma tombe.* Ils vont venir me tuer. »

Le reporter frissonne et balbutie :

« Malheur ! Il faut que vous sortiez tout de suite ! Comment faire ? Dites-moi vite ! »

Posément, comme s'il n'y avait aucun danger immédiat, la jeune justicière explique :

« Prenez un bout de votre câble et attachez-le à la fenêtre. »

Œil de Lynx obéit. Rapidement, il saisit une extrémité du câble qu'il passe autour d'un barreau puis fait plusieurs nœuds. Il demande alors :

« Et maintenant ? »

Fantômette désigne l'auto du comte qui stationne devant le perron.

« Attachez l'autre bout au pare-chocs arrière. C'est une voiture solide, alors que ces barreaux sont à moitié rouillés.

— J'ai compris ! »

Œil de Lynx déroule le câble qui va relier les barreaux à la voiture. Le véhicule est en somme amarré à la fenêtre. Le journaliste monte ensuite dans la voiture. La clé de contact étant restée sur le tableau de bord, il peut mettre en marche le moteur. À cet instant, des pas résonnent derrière la porte de la cellule et les verrous sont tirés. Fantômette hurle :

« Démarrez, mille pompons ! Vite, vite ! »

Œil de Lynx lance le moteur pleins gaz et la voiture bondit en avant. Le câble se tend brusquement dans un claquement sec, et la grille est violemment arrachée. Dans la cellule, la porte s'ouvre. Le comte de Maléfic entre, juste à temps pour voir Fantômette sauter par la fenêtre et disparaître dans la nuit.

« Morbleu ! Elle s'échappe. Courez après ! Rattrapez-la, cornes du diable ! Ah ! la petite peste ! Je l'embrocherai, je la ferai écarteler par quatre chevaux ! Mais courez donc, ventrebleu ! »

Les deux complices en blouse blanche galopent dans les couloirs, traversent le vestibule, dégringolent les marches du perron. Mais la voiture a déjà franchi le portail et s'éloigne à toute allure, remorquant les barreaux comme un chien à qui on a attaché une casserole à la queue !

Chapitre 17

Gronez intervient

Dès que les barreaux ont été arrachés, Œil de Lynx a stoppé la voiture pour permettre à Fantômette d'y monter. Elle arrive en courant, se penche vers le journaliste, lui lance :

« Filez, Œil ! Je reste.

— Hein ? Mais vous êtes folle ! Montez vite !

— Non, ne vous occupez plus de moi. Merci pour l'évasion ! »

Elle fait un petit salut de la main, s'en va en courant vers le château, se cache sous un massif de troènes qui borde le perron. Œil de Lynx repart, et les hommes en blouse blanche apparaissent, lançant des jurons. Pendant qu'ils sont occupés à observer la voiture qui s'éloigne, Fantômette se relève doucement, passe derrière leur dos pour escalader les marches, et

entre dans le vestibule sur la pointe des pieds. Elle se glisse derrière un rideau et attend. Une fente dans le tissu usagé lui permet de voir l'ensemble du vestibule.

Le comte de Maléfic apparaît, apostrophe ses hommes d'un ton rude.

« Alors, vous l'avez rattrapée ? »

Les deux complices reviennent, penauds. L'un d'eux hoche la tête :

« Non, monsieur le baron, elle vient de s'enfuir dans votre voiture. »

L'homme au masque d'argent serre les poings.

« Ah ! la petite gredine ! J'aimerais bien savoir quel est le complice qui l'a aidée à s'échapper ! Il passerait un mauvais moment...

— Alors, qu'allez-vous faire, monsieur le baron ?

— Nous ne pouvons plus rester, maintenant. Il faut filer en Suisse.

— Mais le tonneau ? Vous l'abandonnez ?

— Jamais de la vie ! Je pensais le récupérer demain soir, mais nous allons le chercher tout de suite. Faites vos valises rapidement et emballez le matériel le plus précieux... Tiens ! Une visite... »

Les phares d'une voiture éclairent l'esplanade. Le véhicule s'arrête brutalement, en faisant voler les gravillons. Un jeune homme en sort, qui monte le perron d'une démarche mal assurée. Le baron ricane :

« Voilà notre poivrot national ! Où as-tu encore été boire, sac-à-vin ? »

Le jeune homme bredouille :

« J'ai... j'ai juste bu un petit whisky en ville, monsieur... heu... le baron. »

Il entre dans le vestibule en titubant, et Fantômette le voit en pleine lumière. Elle ne peut s'empêcher de tressaillir.

« Rémi Croscop ! Mais dans quel état ! Il ne tient pas debout ! Je ne l'ai jamais vu comme ça... »

L'homme au masque d'argent semble irrité par la conduite de l'étudiant. Il l'empoigne par le revers de son blouson et gronde :

« Ça suffit, hein ? J'en ai assez, de te voir vider des bouteilles ! Tu sais où cela nous mène ? Nous sommes obligés de quitter le château ! Oui, le baron de Maléfic est contraint d'abandonner la demeure de ses ancêtres, à cause de la bêtise d'un jeune crétin ! Au moment où j'allais mettre sur pied le plus fantastique réseau d'espionnage de tous les temps ! »

Rémi Croscop bredouille.

« Mais... monsieur le baron... je n'y suis pour rien... »

Le Masque d'Argent rugit :

« Pour rien ? Misérable inconscient ! C'est toi qui as révélé l'existence du Cosmotron, qui devait rester secrète ! Si tu n'avais pas bavardé étourdiment avec un rédacteur de *La Science pour chacun* en lui racontant toute l'affaire, il n'aurait pas écrit cet article qui démolit tous nos projets ! Ah ! tu peux être fier de toi ! »

Derrière son rideau, Fantômette réfléchit à toute vitesse. L'enchaînement des faits lui apparaît maintenant clairement. Le baron de Maléfic voulait employer son Cosmotron pour photographier les réalisations des entreprises industrielles les plus avancées, et revendre ces photos à des firmes étrangères.

Mais à cause du jeune Croscop, l'entreprise d'espionnage risque de s'étaler au grand jour. Tout le monde saura que le baron, grâce à sa machine, peut espionner le monde entier.

« Plus de secret possible ! Le voilà contraint de tout laisser tomber... Mais cela ne m'explique pas quelle est cette histoire de tonneau. Qu'est-il en train de mijoter ? »

Les complices en blouse blanche ont disparu vers le sous-sol. Ils remontent au bout d'un moment en portant divers instruments, et le fameux Cosmotron. Fantômette a un petit hochement de tête.

« Je comprends maintenant pourquoi ils m'avaient repérée si facilement quand je suis allée dans le sous-sol. *Ils me voyaient à travers les murs !* »

L'homme masqué fait activer les préparatifs du départ.

« Allons ! Pressons-nous un peu ! Il faut passer la frontière le plus vite possible. Je reviendrai plus tard, dans quelques mois, lorsque les choses se seront tassées. J'inventerai une histoire pour justifier ce départ précipité. »

Un des complices demande :

« Et une fois passée la frontière, que ferons-nous ?

— Nous traverserons le lac Léman sur mon yacht, le *Démoniaque,* et nous irons nous installer dans ma propriété de Vieilleneuve. Là-bas, personne ne viendra nous déranger. Pas plus les journalistes que les justicières d'opérette. Maintenant, allez récupérer la pelle et la pioche. Nous en aurons besoin pour creuser la glace. Mettez-les dans la camionnette. »

Les deux complices sortent par la porte de service. Le baron de Maléfic regarde autour de lui, comme pour s'assurer qu'il n'oublie rien, et se dispose à sortir, quand une lampe rouge s'allume dans le vestibule. L'homme masqué jette un coup d'œil vers le portail et mâchonne un juron.

« Ah ! j'avais bien besoin de ça ! Ils ne pouvaient pas attendre cinq minutes, ces ahuris ? »

Une voiture de police vient d'entrer dans la propriété.

*

* *

Œil de Lynx a roulé sur quelques centaines de mètres en remorquant les barreaux de fenêtre. Il stoppe, décroche cette espèce de herse, enroule le câble.

« Je le rendrai demain matin au garagiste. Pour l'instant, le plus urgent est d'aller chercher du renfort. »

Il roule à toute allure vers Chamoix. En ville, une

lanterne bleue indique le commissariat. Il entre. Un groupe d'agents entoure à distance respectueuse un homme en civil dont le visage s'orne d'un nez dont le volume est considérable. Le journaliste ôte sa casquette et s'adresse au *gigantinase* qui semble occuper un poste important.

« Monsieur, j'ai besoin de secours pour capturer une bande d'espions qui se trouve au château de Maléfic. »

Le commissaire Gronez dit vivement :

« Pardon ? Au château de Maléfic ? Je viens justement de Paris pour m'occuper de cette affaire. Êtes-vous un collègue ?

— Non, un journaliste. J'ai suivi la piste du Cosmotron grâce à un article scientifique.

— C'est précisément ce que j'ai fait. Je flairais du louche et je vois que j'ai eu du nez, une fois de plus. Qu'y a-t-il au château, en ce moment ?

— Le baron et deux complices. Ils avaient enfermé Fantômette, mais je l'ai délivrée et... »

Gronez sursaute de nouveau.

« Fantômette ! Elle est ici ? Ah ! la petite drôlesse ! Je vais pouvoir l'attraper.

— Ah ? pourquoi ! Que vous a-t-elle fait ?

— Elle m'a filé sous le *nez*. Et je n'aime pas ça. Je la soupçonne d'être mêlée de très près à cette affaire d'espionnage.

— Évidemment, puisqu'elle essaie d'arrêter les espions. »

Le commissaire pose sur le journaliste un regard aigu, méfiant, puis marmonne :

« Bon, bon. On tirera ça au clair plus tard. Pour l'instant, allons voir ce qui se passe au château. »

Le commissaire, Œil de Lynx et trois agents prennent place dans une voiture, et dix minutes plus tard ils débouchent sur l'esplanade. Le commissaire sort, marche en direction du perron. Il voit alors surgir Fantômette qui crie :

« Vite ! ils se sauvent par-derrière ! »

Gronez ricane :

« Tiens, tiens ! Revoilà ma jeune déguisée. Je vais pouvoir vous poser quelques petites questions auxquelles vous n'aviez pas voulu répondre. Veuillez donc me donner votre nom exact, votre adresse, votre date de naissance, et votre numéro de sécu...

— Mais vous êtes gaga, commissaire ! Puisque je vous dis que toute la bande est en train de se sauver par-derrière ! Qu'est-ce que vous attendez pour leur courir après ? »

Le commissaire a un petit rire :

« Le journaliste Œil de Lynx, ici présent, vient de me dire que la propriété est entourée par une clôture électrifiée. Ils ne pourront pas s'échapper. Il n'y a qu'une seule sortie, et nous sommes devant. Donc, aucune inquiétude. Ils sont faits comme des rats ! Et maintenant, je vous écoute, mademoiselle. Nom, prénom, adresse, date de naissance...

— Décidément, vous êtes bouché à la colle forte ! Je vous répète qu'ils vont partir, moi !

— Allons, calmez-vous ! Tant que je suis là, rien ne presse. Je réponds de tout. Suivez-moi dans le vestibule de ce château, nous y serons à la lumière. Gargousse et Minouchet, gardez le portail. Rigobert et vous, monsieur le journaliste, veuillez m'accompagner. »

Bouillant d'impatience, Fantômette se résigne à suivre le commissaire dans le château. Elle murmure entre ses dents :

« Et dire qu'en ce moment même ils sont en train de filer ! Ah ! c'est ridicule ! Il suffisait de les cueillir... »

Gronez a du flair, mais aussi l'oreille fine, et il a saisi la réflexion de Fantômette. Après tout, peut-être a-t-elle raison ? Il renonce à l'interroger, et décide d'aller voir ce qui se passe de l'autre côté du château.

« Suivez-moi ! »

Il sort son pistolet, traverse le vestibule, un salon, longe un couloir, arrive dans une cuisine. Il se tourne vers Fantômette.

« Vous avez dit qu'il y a une porte de service ?

— Oui, celle-ci. Nos bonshommes viennent de passer par là.

— Bien. »

Le commissaire ouvre la porte, sort. La lumière de la cuisine éclaire les premiers sapins. Au-delà, on ne voit que du noir. Gronez sort une lampe électrique, s'enfonce dans le bois. Dix secondes plus tard, on l'entend crier. Son cri est suivi d'un bruit mat, comme le ferait un corps tombant sur le sol. Fantômette allume à son tour sa petite lampe et avance dans la direction qu'avait prise le commissaire. Au bout de quelques mètres, elle découvre une grande fosse rectangulaire : la tombe qui lui était destinée. Quelque chose s'agite au fond. Fantômette se penche :

« Eh bien, commissaire, que faites-vous dans ce trou ? Vous cherchez des champignons ? »

Gronez grogne :

« Au lieu de faire de l'esprit, aidez-moi plutôt à sortir ! »

Avec l'aide du brigadier Rigobert, le commissaire parvient à s'extraire de l'excavation. Il s'époussette, ordonne :

« Continuons ! Les espions ne doivent plus être bien loin. »

Le petit groupe parcourt une centaine de mètres, puis une voix appelle :

« C'est vous, commissaire Gronez ?

— Oui. C'est vous, Gargousse ?

— En personne. Nous avons atteint la clôture. »

Encore quelques mètres, et Gronez parvient à la limite du domaine. Gargousse et Minouchet sont plantés devant une brèche qui s'ouvre dans la clôture. Les barbelés ont été coupés avec des cisailles. Par ce passage, les trois espions ont pu s'enfuir très aisément.

Maintenant, ils doivent courir à travers bois. Gronez ôte son chapeau pour pouvoir se gratter le crâne plus commodément. Il grogne.

« Je ne comprends pas comment ils ont pu toucher les fils sans s'électrocuter...

— C'est pourtant bien simple, dit Fantômette. Ils ont coupé le courant quand ils étaient encore dans le château. Vous n'avez pas remarqué le tableau de commande, dans le couloir qui mène à la cuisine ? Quand je vous disais qu'ils allaient se sauver par-derrière ! Maintenant, va-t'en courir après ! »

Le commissaire n'ose pas l'avouer, mais il est bien ennuyé d'avoir laissé s'envoler sa proie. Mais il lui reste Fantômette, à titre de consolation. Il va pouvoir la cuisiner.

« Revenons au château. Vous n'avez toujours pas répondu à ma question, mademoiselle.

— Décidément, ça tourne à l'idée fixe ! Enfin, si vous y tenez absolument... Mais je vous rappelle qu'en ce moment trois espions sont en train de s'échapper. Et si nous attendons trop longtemps, vous ne pourrez les récupérer qu'en Suisse, ce qui amènera des complications et des formalités interminables. Vous avez intérêt à les rattraper avant qu'ils ne franchissent la frontière. »

Ils ont regagné la cuisine. Le commissaire Gronez fronce les sourcils, gratte son nez, puis dit à Fantômette :

« Écoutez, je veux bien courir après ces trois

espions, mais vous ne savez pas plus que moi où ils se trouvent ?

— Si. Je sais où ils vont aller.

— Diable ! Et où donc ?

— Sur le glacier. Ils ont emporté une pelle et une pioche pour creuser la glace.

— Dans quel but ?

— Vous le verrez bien. Il a été question également d'un mystérieux tonneau. De toute manière, ils ont encore ce travail à faire avant de passer la frontière, ce qui nous laisse le temps de les capturer.

— Avons-nous le temps d'aller au glacier avant eux ? »

Le brigadier Rigobert répond :

« En passant par un raccourci, oui. Mais il y a de l'escalade à faire. »

Le commissaire fait la grimace. Son ventre arrondi ne lui permet guère de se livrer à des acrobaties.

Il demande :

« Et en revenant par la route ?

— C'est du plat, mais ce sera un peu plus long. Il faut bien compter un quart d'heure au moins.

— Peu importe, puisqu'ils doivent faire ce travail dont a parlé mademoiselle. Reprenons la voiture. »

Ils traversent de nouveau le château, puis l'esplanade, montent dans la voiture qui fait demi-tour et revient vers Chamoix. Vingt minutes plus tard, le petit groupe se risque sur la surface glissante du glacier.

Chapitre 18

Sigismond de Maléfic

Cette fois-ci, il ne faut pas commettre d'erreur. Les trois espions sont là, à cent mètres à peine, et il s'agit de ne plus les laisser échapper. Ils se sont groupés au pied d'un amoncellement de moraines, ces blocs de pierre détachés de la montagne, qui sont tombés sur la glace, s'y sont enfoncés, puis ont été charriés lentement jusqu'au bout du glacier. Là, dans le creux de la vallée, la glace fond peu à peu en déposant ces blocs. Certains ne sont pas plus gros que des pavés ; d'autres sont aussi grands que des camions.

En se glissant derrière ces morceaux de roches, Fantômette, Œil de Lynx et les policiers se rapprochent petit à petit du petit groupe des espions. Les deux en blouse blanche sont occupés à creuser la glace, sous le regard du baron de Maléfic qui leur donne des paroles d'encouragement.

« Allons, plus vite ! Il faut que nous soyons partis avant l'aube, sinon nous n'aurons plus aucune chance de passer la frontière ! »

Le commissaire Gronez murmure :

« Il me semble que c'est le moment. Ils ne se méfient pas... »

Fantômette répond à mi-voix :

« Attendez encore un peu, commissaire.

— Attendre quoi ?

— Qu'ils aient fini le travail. Sinon, c'est nous qui serons obligés de creuser. »

On attend donc en silence. Un quart d'heure plus tard, le pic fait entendre un bruit assourdi. Le baron pousse un cri de triomphe.

« Le voilà ! Nous le tenons ! Encore un petit effort... »

Il s'empare du pic que tenait un de ses hommes et se met à tailler la glace avec frénésie. Les éclats volent dans les airs. Peu à peu, une forme noire, vaguement ovale, se dessine et se dégage de sa prison de glace. Le commissaire se tourne vers Fantômette.

« Qu'est-ce donc ? On dirait un tonneau...

— Oui, c'en est un.

— Pourquoi ont-ils donc déterré ça ? Enfin, déterré, c'est une façon de parler. Il faudrait dire déglacé...

— J'ai ma petite idée là-dessus. Ce tonneau, ils l'ont probablement détecté avec le Cosmotron, qui

peut voir aussi bien à travers la glace qu'à travers un mur, sinon mieux. Peut-être même pouvait-on apercevoir ce tonneau par transparence, sans aucun appareil.

— Que peut-il contenir ? Du vin ?

— Ce serait un vin bien vieux, je pense. Les moraines mettent des dizaines d'années pour descendre le glacier. Mais nous allons en savoir plus. Tenez, ils l'ont complètement dégagé, leur tonneau...

— Eh bien, c'est le moment d'attaquer ! »

Le commissaire Gronez se lève brusquement, crie : « En avant ! » et tire un coup de feu en l'air. La détonation se répercute contre les murailles rocheuses, roule longuement. Les trois espions se sont brusquement figés, surpris par cette attaque tout à fait imprévue. Le commissaire ordonne :

« Que personne ne bouge ! »

Ce qui est parfaitement inutile, car les espions ne remuent pas plus que des bonshommes de neige. Avec prudence, le commissaire, suivi de ses hommes, contourne une crevasse qui s'ouvre à quelques pas des trois espions, puis il s'arrête, crie : « Levez les mains ! » Lorsqu'on a obéi, il s'offre le plaisir de savourer un moment sa victoire.

Il les tient, ces espions industriels, et il ne les lâchera plus. Une belle victoire qui va sûrement lui valoir de l'avancement. Voilà ce que c'est, que d'avoir du nez. Du canon de son revolver, il désigne le tonneau.

« Qu'y a-t-il là-dedans ? »

Pas de réponse. Les trois hommes sont aussi muets qu'immobiles. Trois étranges statues sous la clarté lunaire qui couvre le glacier d'une blancheur laiteuse. Le commissaire répète, agacé par le mutisme de ses adversaires :

« Allons ! qu'y a-t-il dans ce tonneau ?

— Je vais vous répondre, moi, coupe Fantômette.

— Vraiment ?

— Oui. Je vous ai dit que j'ai ma petite idée à ce sujet. Nous allons revenir un petit peu en arrière dans le temps. Le 8 septembre 1793, un régiment républicain arrive au château de Maléfic. Le baron Sigismond s'enfuit vers la Suisse dans son carrosse. Il a hâtivement entassé dans un tonneau des louis d'or, des bijoux et quelques pièces de vaisselle en or massif. En somme, toute sa fortune transportable. Il commence l'ascension du Saint-Bernard, mais les fers des chevaux patinent sur la neige gelée. Le carrosse est trop lourd. Et les républicains vont le rattraper. Alors, pour alléger son véhicule, Sigismond sacrifie son tonneau. Il le jette dans le glacier. Le tonneau tombe dans une faille, la glace se referme sur lui. Ceci se passait il y a deux cents ans environ. »

Quelle étrange scène ! Ces policiers et ces espions, face à face dans la pâle lueur de l'aube. Entre les deux groupes, Fantômette, très à l'aise, fait le va-et-vient en faisant tournoyer le pompon de son bonnet qu'elle tient au bout des doigts.

« Or le glacier n'est pas immobile, reprend-elle. C'est une sorte de fleuve qui se déplace très lentement. Les glaces descendent petit à petit vers le bas de la vallée, c'est-à-dire l'endroit où nous nous trouvons en ce moment. Certains glaciers se déplacent à raison de plusieurs mètres par jour, mais celui-ci est particulièrement lent : seulement dix mètres par an, car le fond de la vallée n'a qu'une pente très faible. Nous allons maintenant faire un petit calcul. Le col du Saint-Bernard est à deux kilomètres d'ici. Étant donné que le tonneau est tombé là-bas et qu'il se déplace à raison de dix mètres par an, on demande à quelle date il arrivera ici. Réponse : aujourd'hui. »

Le commissaire Gronez, surpris, interroge Fantômette :

« Menottes et pistolet ! Comment diable savez-vous tout ça ?

— Bah ! Élémentaire, mon cher Gronez. Avant de venir ici, j'ai étudié l'histoire du château de Maléfic. J'ai un gros bouquin bourré d'anecdotes historiques où l'on raconte cette affaire de tonneau. N'est-ce pas, monsieur le baron ? Vous venez de récupérer le trésor de votre ancêtre ? »

Le Masque d'Argent fait un signe affirmatif.

« Oui. Et par voie de succession, ce trésor m'appartient. C'est un bien de famille. Vous n'y toucherez pas !

— Admettons, dit le commissaire. Mais je vais tout de même vous arrêter...

— Sûrement pas !
— Je ne vois pas ce qui pourrait m'en empêcher !
— *Le fusil qui est pointé dans votre dos.* »

Le commissaire tourne la tête, ainsi que les autres policiers, Œil de Lynx et Fantômette. Rémi Croscop se tient derrière eux, goguenard, armé d'un long fusil de chasse qu'il braque vers le commissaire. D'un ton ironique, il explique :

« Il y a une demi-heure, j'étais encore dans le château. Après avoir bu une goutte de whisky, je suis monté dans ma chambre et j'ai fait un petit somme. Quand je me suis réveillé, j'ai constaté que M. le baron était parti...

— Je n'ai pas eu le temps de t'attendre, dit l'homme au masque d'argent. Ces messieurs de la police se faisaient un peu trop pressants...

— Oui, je m'en doute. C'est un fait qu'ils sont vraiment agaçants... Qu'allons-nous en faire, monsieur le baron ?

— C'est bien facile... »

Tout en prononçant ces mots, le baron de Maléfic s'adosse à une moraine, et, d'un violent coup de pied, il lance le tonneau en avant. L'objet vient frapper les jambes du commissaire qui tombe à la renverse, bouscule Rigobert qui vient heurter Gargousse, lequel télescope Minouchet, et ce dernier se cogne contre Œil de Lynx. On dirait un jeu de quilles vivant ! Comme la crevasse se trouve juste derrière eux, ils y dégringolent les uns après les autres, salués par les cris de

joie du baron et de ses hommes. Seule Fantômette a pu échapper à cette chute collective, grâce à un léger bond de côté. Le comte lui fait un salut en levant la main.

« Adieu, Fantômette ! J'ai eu grand plaisir à faire ta connaissance !

— Au revoir, monsieur le baron ! »

Le Masque d'Argent s'éloigne, laissant les deux complices en blouse blanche récupérer le tonneau qui s'est arrêté à quelques centimètres de la faille, après avoir fait son travail de boutoir.

Fantômette regarde les quatre hommes partir avec un sentiment de rage impuissante. Il ne lui reste plus qu'à aider le jeu de quilles à sortir du trou.

« Me voilà bien, avec mes guignols ! Ah ! quelle belle bande d'empotés ! »

Elle se penche pour regarder à l'intérieur de la crevasse. Elle n'est pas extrêmement profonde, et un tapis de neige a amorti le choc. Toutefois, le brigadier Rigobert pousse des gémissements en se tenant un bras. Œil de Lynx monte sur les épaules du commissaire Gronez, saisit la main que lui tend Fantômette et parvient à sortir de la crevasse. Il aide ensuite le commissaire à passer, puis tout le monde finit par se sortir d'affaire. Seul le brigadier est blessé, ce qui donnera un peu de travail au docteur Victor Ticolis.

Le commissaire soupire :

« Voilà une affaire complètement ratée ! Dire que je les tenais au bout de mon pistolet ! Si l'autre n'était pas arrivé par-derrière... Ah ! ce n'est pas de chance ! Et maintenant, comment les retrouver ? Qui sait où ils vont aller se cacher !

— Moi, dit Fantômette. Moi, je le sais. Ils vont traverser le Léman sur le yacht *Démoniaque,* et se réfugier à Vieilleneuve.

— Pas possible ! Mais vous savez tout, ma parole ! Bravo, ma petite, nous allons les faire cueillir par une des vedettes de la police suisse !

— Dépêchons-nous, alors, regardez comme le temps se couvre. J'ai l'impression qu'il va y avoir un joli petit orage. »

Le vent se lève en effet, en même temps que des gros nuages noirs commencent à masquer le soleil qui vient à peine d'apparaître. On a l'impression qu'il va faire nuit. Les coups de tonnerre éclatent au moment où le groupe arrive aux premières maisons de Chamoix, et au lieu d'un orage, c'est une véritable tempête qui s'élève. Gronez s'en va en toute hâte au commissariat, mais, lorsqu'il décroche le téléphone, il n'entend aucune tonalité. La première bourrasque a déjà jeté bas un poteau téléphonique, coupant net les communications.

Dans le milieu de la matinée, la tempête se calme un peu, et l'on reçoit en ville des nouvelles fraîches concernant les dégâts causés par le mauvais temps. La tempête a été particulièrement violente en Suisse, puisqu'elle a causé le naufrage d'un yacht qui naviguait sur le lac Léman, le *Démoniaque.*

Épilogue

Le baron de Maléfic a disparu au cours du naufrage de son yacht, le Démoniaque. *Le baron était un grand spécialiste de la physique et de l'électronique. On lui doit en particulier l'invention d'un appareil remarquable qui permettait, paraît-il, de voir à travers les murs. Malheureusement, cet appareil s'est perdu avec son créateur, et l'on n'a retrouvé aucun plan au château, là où le comte avait installé son laboratoire. On sait qu'à la suite d'une explosion qui s'était produite dans ce même laboratoire, le comte avait subi de graves brûlures au visage, qu'il dissimulait sous un masque d'argent. Les recherches entreprises pour retrouver le* Démoniaque *n'ont donné jusqu'à présent aucun résultat.*

Françoise replie le numéro de *La Gazette suisse,*

se lève et se dirige vers la cuisine d'où montent des cris, des exclamations, des protestations, des bruits de choses que l'on cogne. Boulotte et Ficelle sont aux prises avec un paquet de petits pois surgelés.

BOULOTTE. « Lâche ça ! Lâche mes petits pois tout de suite !

FICELLE — Je ne te les rendrai que si tu fais de la place pour mon glaçon !

BOULOTTE — Il n'y a plus de place ! Le réfrigérateur est archiplein ! Tu ne crois pas que je vais enlever mon beurre ou mes crevettes décortiquées pour ton glaçon !

FICELLE — Et moi, je te dis que si je ne le mets pas dans le surgélateur, il va fondre ! Et ça, je ne l'admets pas ! »

Françoise intervient, demande quelle est la cause de cette dispute. Ficelle explique :

« C'est un morceau de glace très précieux que j'ai rapporté du glacier de Chamoix. Je l'avais entortillé avec une chaussette, des serviettes et un peignoir. Ça faisait une grosse boule que j'ai mise dans ma valise. Quand je suis arrivée ici, la moitié était fondue, mais il en restait tout de même un assez gros morceau. Je l'ai installé bien au frais dans le congélateur. Et voilà que Boulotte me l'a sorti pour mettre ses petits pois ! Regarde, Françoise ! Maintenant, il n'en reste presque plus rien ! Je veux absolument sauver ce petit bout !

— Que veux-tu donc faire avec ce morceau de glace ?

— C'est le début de ma nouvelle collection de glaçons !

— Je croyais que tu t'intéressais aux insectes ?

— Oh ! non, ça c'est fini ! Maintenant, je vais devenir une grande glaciologue ! Mais il ne faut pas que Boulotte m'empêche de conserver mes échantillons avec ses victuailleries ! »

Boulotte se fâche :

« Des victuailleries, mes petits pois ? Tu es bien contente de les manger, mes victuailleries ! En attendant, mes petits pois vont être perdus ! C'est horrible ! »

Françoise trouve alors une solution qui satisfait tout le monde.

« Tes petits pois, tu n'as qu'à les faire cuire pour ce soir. Comme cela, Ficelle aura de la place pour mettre son glaçon. »

La querelle s'apaise. Ficelle met délicatement en place son échantillon, entouré d'un papier maintenu par un élastique, avec la mention : « Échantillon n° 1 Glacier de Chamoix. 21 septembre. » Puis elle se rend dans sa chambre, prend son écritoire à correspondance, étale sur son petit bureau une feuille de papier bleu et commence une lettre destinée à sa correspondante canadienne Maria Bonnetdelaine :

Ma chère Maria,

Je t'écris pour te dire que je voudrais bien que tu m'envoies un morceau de glace de ton pays. Il paraît qu'il y a toujours beaucoup de neige et de glace au Canada, et tu dois pouvoir en trouver facilement aux environs de Québec, la capitale (ou de Montréal qui est peut-être aussi la capitale, je ne me souviens plus). Enveloppe la glace dans de la paille ou des chiffons pour qu'elle se tienne bien au chaud, et envoie-la par avion pour que ça aille plus vite, mais à condition que ce ne soit pas trop cher. En échange, je t'enverrai un petit sac du sable d'une de nos plages. Par exemple La Baule ou Cannes. J'ai des échantillons de toutes les plages de France, et tu pourras me dire celle que tu préfères. Si tu veux, je ferai un petit mélange.

Je te remercie d'avance et je t'embrasse bien fort.

FICELLE.

Table

Dans la même collection…

Mademoiselle Wiz,
une sorcière particulière.

Mini, une petite fille
pleine de vie !

Fantômette,
l'intrépide
justicière.

Avec le Club des Cinq,
l'aventure est toujours
au rendez-vous.

Kiatovski,
le détective en baskets
qui résout
toutes les enquêtes.

Dagobert,
le petit roi
qui fait tout à l'envers.

Rosy et Georges-Albert,
le duo de choc
de l'Hôtel Bordemer.

Avec Zoé,
le cauchemar devient
parfois réalité.